ロマンチストは止まれない！

朝香りく

Splush文庫

JN251141

contents

――なにやってんだろうな、俺は……。

繁華街の路地裏にある小さな焼き鳥屋。煙が目に染みる薄暗いカウンター席で、南戸雪道《みなみとゆきみち》は溜め息をついた。

ハイボールのジョッキを持っていないほうの手には、何度もゴミ箱に放り込まれては拾われるという無意味な行為を繰り返されたせいで、ややくたびれたハガキがある。

そこには角ばった大きな文字で、『同窓会のお知らせ』と記載されていた。

日付は今夜、開始時間は今から三十分ほど前。

開催場所は、ここからおそらく五百メートルも離れてはいない、大通り沿いの洒落《しゃれ》たイタリアンダイニングの店だ。

――こんなもん、出るつもりはねぇ。どうせ出席するやつは、胸を張って現状を話せる幸せな連中だろう。これみよがしに一張羅《いっちょうら》着て、嫁さんや子供の画像を持って。……俺みたいに裏街道を歩いてる人間はおよびじゃない。そもそもクラスメイトなんて言っても、半分も顔を覚えちゃいないしな。

雪道は今年二十七歳。集まっているはずの元級友たちと同じ学び舎《や》にいたのは、十年近く昔のことになる。

高校生の頃いわゆる不良だった雪道には、同じクラスの友人が少なかった。

わずかにいた遊び仲間は、主に深夜の盛り場などで知り合った他校の生徒たちだ。

——だから同窓会に出たいなんて気持ちは、本当にこれっぽっちもねぇ……けど。

雪道がこうして同窓会の行われる繁華街までわざわざ出向き、すぐ近くでこうして酒を飲んでいるのには、わけがあった。

元級友の中でただひとり。時折思い出しては近況が気になっている、特別な存在がいるからに他ならない。

——正直……あいつの顔だけは見たい。……遠目でちらっとだけでいい。それくらいがちょうどいいんだ。正面きって白々しく社交辞令なんか言ったところで虚《むな》しくなるだけだ。

かといって今夜ここにいるのをわかってて、しらんぷりはできない。

賭場《とば》でのはした金のやりとりと酒と喧嘩《けんか》にあけくれ、青春時代など霧のかなたに霞《かす》んですっかりやさぐれた雪道が、今も忘れることのできない唯一の相手、仙光寺慶一郎《せんこうじけいいちろう》。

眉目秀麗《びもくしゅうれい》で成績優秀、スポーツ万能。真面目なようでいて学校を一歩出れば不良たちを震え上がらせていた、どこか不思議な男だった。

初めて雪道が仙光寺と言葉を交わしたのは、高校二年生の秋。

晴れた空の半分は抜けるように青く、もう半分はうろこのように白く光る雲がはるか遠くまで覆っている、そんな日の午後だった。

「……なんだ、お前。見たことのあるツラだな。確かあれだ、同じクラスだろ。授業中にこんなとこでなにやってんの」

屋上の給水タンクの裏側は、グラウンドからは死角になって見えない上に、眼下に広がる町並みの景色がいいという、さぼりにはもってこいの場所だ。

その雪道のお気に入りの昼寝場所で教科書を枕にし、ごろりと転がっていた男こそが仙光寺だった。

艶のある豊かな強《こわ》い黒髪が縁どる顔は、まだ少年らしさを残しつつも、精悍《せいかん》で男らしい。彫りが深く睫《まつげ》毛が濃く、日本人離れした顔立ちだ。

きりりとした眉の下、こちらに向けられた濡れたように黒い瞳は、どこか得体のしれない鋭さを秘めていた。

「なにって、さぼりだが。お前だって同じことだろう、南戸雪道」

いきなりフルネームで呼ばれて、雪道は面喰らう。

「下の名前までよく覚えてんな」

「同じクラスなんだから当然だ」

「そうか？　俺はクラスのやつだからって、ほとんど顔と名前が一致してねぇぞ」

「さぼってばかりいるからだろう。俺は仙光寺慶一郎だ。覚えておけ」

　態度は威圧的で物言いは偉そうだが、なぜか人を不快にさせないのは、ただものではないと思わせる堂々とした雰囲気のせいだろう。

「せんこーじ、ね。そういやなんか、そんな感じの珍しい名前がいたのは覚えてる」

「人の名前をそんな感じとはなんだ。いい加減なやつだな」

　呆《あき》れたように苦笑しながら上体を起こした仙光寺の横に、どすっと乱暴に雪道は腰を下ろした。

　生真面目そうなクラスメイトなど、いつもであれば無視するのだが、なんとなくこの同級生には興味を持った。

「まあ俺がいい加減なのは確かだけど。お前は俺と違って優等生キャラだろうが。さぼりなんてどうしたんだ、反抗期かよ」

「反抗期という自覚はないし、特に優等生のつもりもないが」

「へえ。ただ頭がいいだけですってか」

　唇の端を吊り上げて皮肉を込めて言った雪道に、仙光寺は淡々と答えた。

「成績がいいのは事実だから否定する気はない。しかし授業に出ても集中できない気分のときは、時間の無駄だから出ない。それだけのことだ」

けっ、と雪道は腹の立つほど整った、仙光寺の顔をねめつけた。

「鼻につく野郎だな。なんだって集中できねぇんだよ。女に振られでもしたのか」

堅物《かたぶつ》そうなこの男を、下ネタでからかってやろうという気持ちもあって言ったのだが、仙光寺はフンと高い鼻で笑った。

「あいにくと、そっち方面で不自由はしていない」

自信満々に言われて、うっ、と雪道は言葉に詰まる。

中学生時代からぐれていた雪道は、女生徒とつき合ったこともあるにはあるが、緊張していたのか最後まではできなかった。

だからこちらは、不自由していないと言い切れるほどの経験はない。

「そっ……、そうかよ。なんだお前、クソ真面目そうなツラしやがってるくせに、おっ、女とかいるのかよ」

ひどく負けている気分になり、挑むような声で言った雪道に、仙光寺は軽く肩を竦《すく》めた。

「今は特定の相手はいない。それより最近は、走るほうが楽しいからな」

走る？　と雪道は眉を寄せる。

「お前、陸上部なのか？」

「いや、バイクだ」

意外な言葉に、雪道は目を丸くした。

品行方正な優等生だと決めつけて、ろくに挨拶《あいさつ》すら交わしていなかったクラスメイトのイメージが、たった数分でどんどん別のものへと変わっていく。

「まじかよ、お前も乗るの？　俺も嫌いじゃねぇし……今日なんかも、こんな天気がいいのに教室なんかに籠《こも》ってないで、原チャリかっ飛ばしてぇなと思ってた」

興奮気味に言った雪道とは違い、仙光寺はあくまで淡々とした態度を崩さない。

「そうか。だったら今度、俺の後ろに乗せてやろうか？　クラスメイトのよしみだ。原チャリではなく、ナナハンだが」

――は？　と雪道は固まった。

原チャリは50ｃｃ。ナナハンというのは750ｃｃだ。

まったく別の乗りものといっていいほど、パワーもスピードも桁違《けたちが》いに大きい。

高校生が乗るものとしては、かなりバイクに熱を上げて入れ込んでいるものでも、250ｃｃがせいぜいだ。

ナナハンを乗りこなす仙光寺が、地元の暴走族の憧《あこが》れの存在だったと雪道が知ったのは、もう少し後になってからのことだった。

仙光寺と過ごしたそれからの学生時代は雪道にとって、退屈な日常が一気に極彩色《ごくさいしき》に染め上げられたと感じられるほどに、きらきらと眩《まぶ》しく鮮やかなものになった。

軽くていい加減な雪道と、裏と表の顔を使いわける賢さを持つ仙光寺は、水と油ほど違いつもなぜか相性はよかった。

気が付けばつまらないはずの学校だろうが図書館だろうが、仙光寺の姿があれば、そこは雪道にとって楽しいものになっていた。

ただし、仙光寺にとって雪道がそこまで重要な存在だったかどうかはわからない。

向こうには友人も熱烈な取り巻きも複数いたし、言い寄ってくる女生徒が大勢いたことも知っている。

やがて仙光寺との距離が急激に縮まるにつれ、雪道は自分がゲイではないかと疑うようになった。

もともと仙光寺の顔かたちやバイクの腕前に、憧憬《どうけい》を抱いていたのだが、濃い睫毛や、形のよい唇に、不覚にもときめくことが頻繁になっていったのだ。

そしてたった一度、じゃれ合いの延長ではあるが、なりゆきで仙光寺と互いに手淫をした経験があり、それが雪道の気持ちを決定的なものにしてしまった。

あの日の夜、夢に弟の春道《はるみち》が出てきたが、とてもその澄んだ邪気のない目を、まともに見返すことができなかった。

目が覚めた後、愛らしい弟にだけは絶対に仙光寺とのことがバレないようにしなくては、と強烈に感じたことを覚えている。

以降、気が付けば、自慰のオカズはすべて仙光寺を脳裏に思い描いてのものになっていたし、他の対象物ではいかなくなってしまった自分がいた。

いやそんなはずはない、なにかの間違いだと否定してみても、仙光寺に反応してしまう自分自身からは目が背《そむ》けられない。

理屈でどんなにこれは間違っている、女で勃《た》つべきだと考えても、身体は言うことを聞いてくれないのだ。

今にして思えば仙光寺との思い出は、あれもこれも未熟で愚《おろ》かで恥ずべき行為ばかりなのだが、雪道にとっては胸が締めつけられるほどに甘く、懐かしい記憶の数々だった。


「おやじさん、お代わり」

雪道は甘酸っぱい青春時代の回想を振り払うように、白髪頭の店主に空のジョッキを差し出して、煤《すす》けて飴《あめ》色になったカウンターに頬杖をつく。

――ありえないのに。ここに来る途中、もしかしたらあいつのナナハンがどこかに停まってるんじゃないかと、つい探しちまった。もしあいつが同窓会に出てるとしても、とっくに別のバイクに乗り替えてるだろうし……いや、酒が入るとわかっててバイクじゃ来ないだろう。それにまだバイクに興味があるかもわからねぇ。親父さんの後を継いだらしいしな。今頃は多分、運転手に送り迎えされるご立派な身分のはずだ。

近況を調べるまでもなく、仙光寺の親はかなり大きな会社を経営していた。

本人に直接問い質《ただ》したことはないが、手広く経営している不動産業ということで、家が豪邸だったのを覚えている。

仙光寺は長男で、本人も次期社長になるつもりだと当時から言っていた。

そんな仙光寺とは高校三年の夏が終わる頃から、意識して距離を置いた。

一流大学への受験を控えた仙光寺の邪魔はしたくないという、思いやりの気持ちが半分。

もう半分は、しょせんは自分と住む世界の違う相手なのだという、子供が拗《す》ねるような感覚と、寂《さび》しさがあった。

同じ不良でも並んで歩けるのは高校生のうちだけで、進むべき将来の道が違うことは、雪道には、はっきりとわかっていた。

やがて仙光寺は進学と同時に家を出たと風の噂《うわさ》で聞き、父親の会社が都心に移転するに従い、実家も引っ越していった。

雪道のほうも卒業と同時に家を出てひとり暮らしを始めたため、完全に音信は不通になってしまっていた。

今回の通知は一旦実家に配達されてから、借りの連絡先として弟に伝えてあった舎弟の住所宛てに送られてきている。

クラスに友人がほとんどいなかった雪道にさえ、こうして通知が届いているのだから、仙光寺も当然、同窓会の通知は受け取っていると思われた。

「ああもう。いつまでも未練たらしくて嫌になっちまう」

ハガキを丸めてテーブルにポイと放り出すと、勢いがついて横のほうへと転がっていってしまった。

三つほど離れた席で、ひとり飲みをしていた若い女性客が、なんなのよというように顔をしかめてハガキを、次いで雪道をジロリと見る。

「ゴミ、こっちにやらないでくれる?」

酔っているせいもあり、そんな言い方をしなくてもいいだろうと腹を立てかけた雪道だったが、喉元まで出た怒声を飲み込んだ。

女性客のぱっちりした目とサラサラしたショートカットが、どことなく弟の春道を思わせたからだ。

思わずまじまじと見つめてしまうと、女性客はガタッと勢いよく席を立つ。

「なによ、あたしに気があるの? 悪いけどあたしの好みって、もっと金持ってそうなビジネスマンだから」

ツンツンしながら店主に金を払い、女性客は店を出ていってしまう。

「……誰が気があるなんて言ったよ。自意識過剰にもほどがあんだろうが」

余計に酒が不味《まず》くなったと愚痴《ぐち》を零《こぼ》しながらも、雪道は四杯目のジョッキを空にする。

さらに五杯目のジョッキを呷ってから、雪道は席を立った。

勘定を済ませて店を出ると足がふらつき、すでに自分が酔っていることに気が付く。

「なんだコラ。文句あんのか。人を犬のウンコでも見るみたいな目で見やがって」

電柱に寄りかかった自分を、避けるように迂回《うかい》していく通行人のカップルを忌々《いまいま》しく思いながら、雪道は毒づく。

盛大に舌打ちをしてよたよたしながら細い路地を抜けると、大通りのネオンと喧騒《けんそう》が雪道を飲み込んだ。

この眩しく賑《にぎ》やかな同じ街の中に今、仙光寺がいる。そう思うだけで心がざわついた。

腕時計をちらりと見ると、そろそろ同窓会はお開きになるであろう時間帯だ。

――これから……二次会、とか。……いや。もうやめよう。いい加減にしよう。あいつ以外のクラスのやつらに会ったりしたら面倒くせぇし。それに……もしもあいつに会ったところで、どうにもならないんだし。

そう思いながらも足は駅へ向かわない。これは散歩だ、酔い醒《ざ》ましだと自分に言い訳をしながら雪道は繁華街をうろついた。

よし、本当にもう帰って寝るぞと決心がついたのは、二軒目の立ち飲み屋でバーボンのロックを二杯飲み、三軒目のショットバーでテキーラを三杯飲んでからだ。

「お客さん、大丈夫？　店の前で吐かないでくれよ」

「っせーな、吐かねーよ、もったいねぇ」

心配する店主に言い捨てて歩き出したが、さすがにアスファルトが歪《ゆが》んで見えた。

いくら飲んでも、頭の中から仙光寺の姿が消えてくれない。

むしろ今夜は酔えば酔うほど、やたらと学生時代の記憶が蘇《よみがえ》ってくる。

と、自己嫌悪と切なさで悪酔いした雪道の目に、嫌なものが飛び込んできた。

「……んだよ、てめぇが色目使って誘ってきたんだろうが」

「冗談じゃないわよ！　あんたが奢《おご》るっていうから払ってもらったけど、そんなつもりだったらお金返すわよ！」

「なにぃ！　ふざけんなよ！」

道路の脇で女が大柄な男に絡まれていたのだが、その女には見覚えがある。

先刻、雪道に嫌味を言って店を出た女性客だった。

――あーあ。酒癖の悪い女だな。ほっとけほっとけ、助けてやったところでろくなことにならねぇ。

そう思って一度は通りすぎたのだが、後ろから半泣きの悲鳴が聞こえたところで、雪道は立ち止まった。

――あの調子だと、ホテルに連れ込まれるかヘタすりゃ路地裏でやられるかもな。それで終わればまだしも、画像撮られて後々まで強請《ゆす》られたり、病気うつされたりしたら人生変わっちまう。

あの女に興味はない。……その点、男の俺ならちょっと痛い目みるだけだ。

おまけに絡んでいるのは、むしろ嫌いだし、関わりたくもない。

普段ならば喧嘩に自信はなくはないが、ひと目でそれとわかる巨体のヤクザだ。

簡単に返り討ちにあうであろうことは、今は泥酔していて歩くことさえおぼつかない。

——だけど。……チクショー。容易に察しがついた。

くるりと雪道は踵《きびす》を返した。なんであの女、ハルに似てるんだ。

「なあ。そのおねーちゃん、そしてふらふらと、揉めている男女に歩み寄る。

「ああん？　なんだてめぇ、嫌がってるみたいだけど」

ギロリと睨《にら》みつけてくる巨漢と女の間に、怪我したくなきゃすっこんでろ！」

「怪我は俺もしたくねぇし。自分でもアホだと思うけど、まああと雪道は割って入った。

言いながら女に向かって、しっしっと犬猫を追い払うような仕草をする。

逃げろという意味だと察した女は、脱兎《だっと》のごとく駆け出していく。

「あっ！　待てこのアマ！　おいっ、この野郎、どけ！」

「あの女はやめとけって、な？　嫌がる女をものにしたところで、ろくなことねぇよ」

雪道が男を押さえている間に、女の姿はあっという間に見えなくなっていた。

ビリビリと男の額に、青筋が浮かぶ。

「クソッ、逃げられちまったじゃねぇか！　てめぇのせいだぞ邪魔しやがって！」

がっと襟《えり》をつかまれて、パンチパーマのいかつい顔が近づけられる。

ああこれは何発か殴られるなと悟ったが、泥酔している雪道の手足はだらんとして、ほとんど力が入らない。

「酔っ払いが、目ぇ覚ませ！」

ごつい拳《こぶし》が振り上げられ、雪道は反射的にぎゅっと目を閉じて覚悟を決める。

「――――っ」

が、いつまで経《た》っても拳は顔に当たらなかった。

「往来で暴力はよくない」

甘く響く低音に、ドクン、と目を閉じたままの雪道の心臓が大きく跳ねる。

「ああ？　また邪魔が入ったか。なんだてめぇは」

「俺はその男の友人だ。手を離してやってくれないか」

胸が締めつけられるような懐かしい声に、雪道は恐る恐る目を開いた。

「うるせぇ、正義漢気取りが！　そもそもこいつが喧嘩を売って……うああ！」

「もう一度だけ言う。手を、離してやってくれないか？」

「おっ、折れる！　わかった、離す、離すからあんたも手を離してくれ！」

端整な男らしい顔に穏やかとさえ思える微笑を浮かべ、パンチパーマの男の腕をギリギリと骨が砕けるほどの強さで握っていたのは。紛《まぎ》れもなく仙光寺慶一郎、そのひとだった。


「お前は相変わらずのようだな」

「……うるせぇ……」

身体を支えられるようにして駅前広場のベンチに座らされた雪道は、仙光寺が買ってきてくれたミネラルウォーターを受け取りながら、そう言い返すのが精一杯だった。

ひと目見た瞬間から、バックンバックンと大きく心臓がバウンドして、胸を突き破ってしまいそうだったのだ。

――な、なんだって、こんな最悪のタイミングで、こいつに出くわすんだ。こっちは泥酔して、醜態晒《しゅうたいさら》して……しかも助けられるなんて。

昔の記憶というのは大抵美化されているものだが、どうやら仙光寺に限っては当てはまらなかったらしい。

颯爽《さっそう》と現れて雪道の危機を救った仙光寺は、ブルーグレイのスーツをびしっと着こなし、学生時代より何倍も男ぶりが上がったように見えた。

夜のネオン街を背景にベンチで長い足を組む仙光寺は、まるで洒落た映画のポスターのように絵になっている。

一方こちらは悪趣味と自覚があるチンピラ風のジャケットに、すり切れたデニムパンツ。二十代も半ばだというのに、悪ガキのようなアクセサリーまでつけていた。

その上酒の匂いを撒《ま》きちらし、呂律《ろれつ》も回らない。

無様《ぶざま》な姿にへきえきしたのか、ペットボトルを渡してくれたきり、仙光寺は黙ったままじっとこちらに目を向けている。

――クソ。見てんじゃねぇよ。視線が痛いだろうが。お前の眼光は昔から、心臓に悪いんだよ。

ひどく自分が惨《みじ》めに思えてきて、雪道は足元のコンクリートに視線を落とした。

すると少しだけ不安そうな、低音の声が問いかけてくる。

「どうしてなにも言わないんだ、雪道。久し振りに再会したのに、なんでそんなに不満そうな顔をしている」

雪道は動揺して、あたふたと答えた。

「おっ……俺はもとからこんなだ。お前こそ、なんか他に言うことないのかよ。……面倒なやつに声をかけちまったと後悔してるんじゃねぇのか」

自虐的《じぎゃくてき》に言うと、いきなりガッと強い力で肩をつかまれた。

「雪道！　なにを言ってるんだ！　そんなわけないだろうが！」

ビンとよく通る声に、周囲の通行人が驚いたようにこちらを見る。驚いたのは雪道も同じだ。

「なっ、なんだよ、声でけぇよ」

「ここでお前と会えたのは、俺にとってはこの上ない幸運だ。が、お前にとってはどうなのかと心配している」

「どうなのか……？　なにがだ？」

人生における重大な緊急事態といっていい状況なのに、深酒のせいで通常の半分もうまく働かない頭に、雪道は苛立《いらだ》っていた。

「どうって、そりゃ、最低最悪に決まってるだろ」

こんなみっともない有様《ありさま》で再会をしたくなかった。

という意味で言ったのだが、仙光寺はみるみる男前の顔を強張らせた。

「そ……そうか。……それは……悪かった。お前が俺を嫌っていることは、あの頃から感じていたんだが」

え？　とよく意味がわからずに聞き返すと、仙光寺は言いにくそうに繰り返した。

「お前は、俺を……嫌っているだろう。だからさっきも、迷ったんだが。……お前の身が危険に晒されているのを見て、どうしても声をかけずにはいられなかった」

一気に暗く重くなった声と表情に、雪道はさらにうろたえる。

「嫌ってる？　俺がお前を？　なんの話だ、それは」

「――違うのか？」

違うどころかまったくの逆だ。

「なにがだよ。お前の言うこと、わけがわかんねぇ」

「大事なところだ、はっきりしろ雪道！　違うのか？　そうなのか？」

つかまれた肩をガクガクと揺すられて、雪道の頭の中でアルコールがシェイクされる。

「ちっ、違うって。揺するな、バカ。お前がだぶって見えてきただろうが」

「本当に違うのか？　だが、お前が俺から離れていったのは事実だろう」

仙光寺の勢いに気圧《けお》されて雪道は懸命に、酒で満たされた頭で返事をする。

「違う。……悪い、酔っててなんかよく、わかんないけど。今俺が気に食わねぇのは、人がこんなボロボロなときに、お前は床屋に行きたてみたいな頭して、いいスーツ着てやがることだ」

酔った視界で五人に見えてきた仙光寺にそうぼやくと、五人は同じ苦笑を浮かべた。

「……わかった。泥酔しているときにする質問ではなかったな。しかし今夜は同窓会だったんだから、身だしなみに気を遣って当然だろう。お前にも通知は来ていたんじゃないのか？　なんで出なかった」

「んなもん、出たくねぇし。なんだよ、はりきってめかし込みやがって。目当ての女でもいたのか？　ああ？」

したたかに酔っている雪道は、身体ごと仙光寺にもたれかかるようにして絡み始める。

「まあ確かに、目当ての相手はいた」

「へえー、そうかよ、よかったな」

なんだよチクショウ、と雪道は、心の中で吐き捨てた。

もちろん、仙光寺はなにも悪いことなどしていない。

むしろこちらを助けてくれたのだし、感謝はしても責めることなどなにひとつあるわけがなかった。

それに約十年ぶりの再会でもあるし、その格好よさに見惚《みと》れてすらいる。

けれど理屈ではなく、仙光寺が想像以上に男前なことも、昔と変わらず自分に優しいことも、誰か目当ての女がいて同窓会に出席したことも、どうしようもなく面白くなかったのだが。

「……お前だ」

「ああん？」

「俺はお前に会えるかもしれないと思って出席したんだ、雪道」

ハイボールとテキーラでたぷたぷになっている雪道の頭の中に、仙光寺の言葉がエコーをかけたように反響した。

どくん、どくん、と弾んでいた心臓のリズムが、ドムドムドムと一気に加速する。

「はあ？　お、俺に……？　あっ、会えるかも、って、どうして」

「どうしてとは。俺がお前に会いたいと思っていたらおかしいか？」

「それは、だって、そうだろ。俺は……つまり、こんなだし」

チンピラだし、学もねぇし、と自虐めいた言葉を並べる雪道に、仙光寺は渋いおとなの微笑を見せた。

「そうやって自己卑下《ひげ》をするところも変わらないな、雪道。……そんなお前に、俺はずっと会いたかった」

「……せ……仙光寺……」

『お前に俺はずっと会いたかった』というセリフが、エコー付きで何度もリフレインされ、さらにはパーン！　と大きな花火が雪道の頭の中で打ち上げられる。

それは脳内いっぱいに大輪の花を咲かせてきらめき、荒《すさ》んだ生活と酒で濁《にご》っていた雪道の瞳はハートマークになっていく。

――クソ。仙光寺のやつ、やたらキラキラしやがって。眩しいだろうが。

長年忘れることができずにいた相手に、こちらから距離をおいて離れていたにもかかわらず、会いたかったと言ってもらえたのだ。

嬉しい反面、どんな態度を取っていいのかわからない雪道は、据《す》わっているであろう目に、複雑な思いを込めて見つめる。

「おっ、お前が……会いたいなんて思うから、だから会っちまったんだ。つまり、あれだ。お前が悪い」

酔っ払いの意味不明の言葉を、仙光寺は穏《おだ》やかに受け止める。

「そうかもしれんな。だとしたら、思っていた甲斐《かい》があったというものだが」

低く甘い仙光寺の声を耳にすればするほど、雪道の体温はどんどん上がっていった。

「だったら、あ、あれだ。責任を取れ、責任を。そもそも、俺がこんなに酔ったのも、なにもかも、お前が悪いんだからな！」

雪道は人差し指を振り回し、無茶苦茶《むちゃくちゃ》な理屈で仙光寺を責める。

「なんの話だ。……おい雪道、どこへ行くつもりなんだ」

仙光寺は慌《あわ》てたように言い、ふらふら立ち上がった雪道に続いて自分も立った。

雪道は仙光寺の、ずっと自分に会いたかったという言葉を聞いた瞬間から、頭のネジが二、三本吹っ飛んでしまっていたのだ。

「いいから、黙って俺についてこい！」

勇ましく言って勢いよく歩き出し、どさくさ紛れに仙光寺の手をつかむ。

すると仙光寺は嫌がらず、むしろきつく握り返してきた。

雪道の動悸《どうき》はますます高まり、動揺は激しくなる。

しっかりと手を繋いでよろけながらも歩き出し、向かった先は繁華街の裏道だった。

難しいことはどうでもいい。雪道に会いたがっていた仙光寺が今この瞬間近くにいて、ここは繁華街で、夜で、そして今後の人生において二度と再び会えるかどうかわからない。

「こっ、ここに入るぞ、仙光寺！」

ひっくり返った声で宣言し、雪道が指を差したのは、こぢんまりしたラブホテルだった。

雪道は、自分が男を抱けるかどうかはわからなかった。

学生時代に夢想したのも、キスをして手で抜き合うという、実際に仙光寺と行った行為ばかりだ。

が、好きな相手と限界まで距離を縮めたいと思うのは、人間の本能ではないだろうか。

こちらの勢いに気圧されたのか、それとも泥酔していてすぐ潰れるだろうと判断したのか、意外にも仙光寺は拒否しなかった。

「お前がそうしたいなら、かまわないが」

複雑な表情をしてはいたが、むしろ足元のおぼつかない雪道を支えるようにして躊躇《ちゅうちょ》せず入っていくと、ロビーでチェックインを済ませてキーを受け取る。

あまりに迅速でスムースな展開に、慌てたのは雪道のほうだ。

「お……おい、わかってんのか仙光寺？　言っとくけど俺は、酔ってねぇぞ。つまりその……さっ、誘ったんだ、お前を」

エレベーターに乗って仙光寺の様子をうかがうと、なぜかしっかりと肩が抱かれた。

「ああ。お前が酔っていないというのはどう考えても無理があるが、誘われたことはわかっている」

「え……でも」

でも俺は男だし、チンピラだし、お前も男だし、それでいいのかと問おうとする前にエレベーターを降り、さほど長くない廊下の突き当りにあるドアが開けられる。

その途端《とたん》雪道は、ろくに口もきけないほど舞い上がってしまっていた。

――これは夢か？　それとも会いたいがあまりに、幻覚が見えちまってるのか？

そんなことを思いながら、仙光寺の背中に触れてみると、どうした？　というように笑いかけてくる。

その笑顔の眩しさに、雪道はくらっとした。

――笑ってやがる。……なんであっさり了承したんだ、こいつ！　まさか、お、俺に惚《ほ》れてたなんてことは……あるわけない。ってことは、よっぽど遊び慣れてるとでもいうのか？　いつでも誰とでも……男とでも簡単にホテルに入る淫乱になっちまったのか？　そうなのか？　そうなんだな！

高校時代から片思いをして忘れられずにいた相手と再会し、酒の勢いでホテルまで来てしまったものの、具体的にどうしようというビジョンは雪道にはない。ただ、単に昔の同級生と再会して近況報告をして別れる、というだけのことにはしたくなかったのだ。

――だ、だけど、男と寝たことねぇし。どうする気なんだ、仙光寺は。単に宿泊所として使うつもりなのか？

自分でホテルへ誘っておきながら、雪道はすっかり混乱してしまっていた。

反対に仙光寺は冷静で、てきぱきとことを進めていく。

「俺は先にシャワーを使わせてもらう。お前は少し休んでいろ。……なにか飲むか」

「あ、ああ。いい、自分で……」

仙光寺に支えてもらってソファに腰を下ろした雪道は、上着を脱ぐ仙光寺をぼんやり目で追った。

――……こいつは俺と、なんかする気でいるのか？　キス、とか。……裸でぎゅっ、と抱き締めたり、とか。ほっ、本当にまた仙光寺とそんなことができるのか？　……現実なのかこれは。

ひとつだけはっきりしていることがある。それはもしこれが夢だとしても、なにもせずに目を覚ましたらきっと後悔するということだ。

酒と緊張でのぼせたようになった頭で、雪道はそう考えた。

ぎくしゃくと自分も上着を脱ごうとするが、ほとんど手に力が入らないため、ひどく時間がかかる。

と、仙光寺が手を貸してくれ、いそいそと上着が脱がされた。

「俺がシャワーを使っている間、ちゃんとそこで待っていろよ。……逃げたら許さないからな、雪道」

は？ と雪道は眉を寄せ、酔った勢いで言い返す。

「なに言ってんだ。お前こそ逃げたらアレだ。追いかけて捕まえて、結婚してやるからな」

望むところだ、と仙光寺は笑ってバスルームへと向かった。

しばらくすると水音が聞こえてきて、雪道は夢かどうか確認しようと鼻をつまんだ。

酔っているせいか痛くないため、ずっとつまんでいると苦しくなり、頭がくらくらしてきて慌てて手を離す。

普通は夢ではないと確かめるためには鼻でなく頬をつねるし、口で呼吸をすればいいという考えは、今のぐるぐるしている雪道の頭には浮かんでこない。

すぐ近くで長年の想い人が全裸になっていると思うと、それだけでどうにかなってしまいそうだ。

――あいつ、まじだ。ど、どうするんだ俺。……た、勃たなかったら恥じゃないか。

クソ、こんなことになると知ってたら、ここまで飲まなかったのに。

うろたえながら雪道は、せめて水を飲んで落ち着こうと、今さらのように室内を見回す。

室内は豪華ではなかったが、人工大理石の床は綺麗《きれい》に磨《みが》かれ、コーヒーカップなどのセットもこざっぱりとして清潔感があった。

ただしキングサイズのベッドのカバーは甘いピンク色だし、照明も淡い薄紫なことに気が付いて、うわあと雪道は頭を抱える。

恥ずかしいのと信じられないという思いで、ベッドの上をゴロゴロと転がった。

と、バスルームのドアが開いた音がして、雪道は急いでベッドから飛び降りる。

「お前も使うか？」

「あ？　……あ……ああ」

言いながらバスタオルで髪を拭いている仙光寺の、備えつけのバスローブを着た胸元から見える濡れた鎖骨や素肌に、雪道は目を奪われた。

不摂生な生活のせいで痩《や》せているだけの自分と違い、仙光寺のしなやかな筋肉を包む肌はつややかに張りつめ、無駄な肉というものがついていなかった。

自分がそこまで鍛《きた》えていないことが急に恥ずかしくなり、雪道は慌てて別の方向に顔を背ける。

「それじゃ、使う……けど。そうだお前、眠くなったら、先に寝てていいぞ、うん。疲れてるだろ、そのほうがいい」

眠っていて欲しいという期待を込め、雪道は言う。

仙光寺とホテルの部屋でふたりきり。この展開は嬉しい。天にも昇る気持ちだ。

だがなにしろほんの数十分前まで想像もしていなかった事態だし、今の雪道の頭ではとても状況を整理できない。

仙光寺が眠ってくれていたら寝顔でも眺めつつ、もう少し自分のペースでことを進められる気がする。

なぜか苦笑しながらミネラルウォーターを手にする仙光寺から逃げるように、雪道はもつれる足でバスルームへと向かった。

「おい、手を貸さなくて大丈夫か。まだかなりふらついているが」

「へっ、平気だ。ちょっとこのホテルの床が、アレだ。やわらかくて、上り下りが多いってだけだ」

――あの野郎。余裕かまして、なに考えてるのかさっぱりわからない。……やっぱりこんなことは日常茶飯事で、どうってことないっていうのか。……まあいい。たとえ今夜一晩だけの幻《まぼろし》だとしても、なにもないよりは……。少なくとも思い出にはなる。

まだふらふらしながら衣類を剝《は》ぎとり、雪道は湯気とボディシャンプーの香りが籠ったバスルームへ入る。

ついさっきここに裸の仙光寺がいて、同じ香りを嗅《か》いでいた、と思うだけで頭に血が上ってのぼせそうだ。

――クソ。俺はこんなに意識して緊張してるってのに。……しかしあれだ。セックスをするとしたら、俺が下になるのか？　いやいやちょっと待て、それは困る！　だって俺は男だし、そりゃあいつも男だけど……まあ、あれだ。前のときみたいに手で抜き合えばいいよな？

ガシガシと頭を洗い、そうだこっちもよく洗っておこうとボディソープを股間で泡立てる。

そうしながら湯を頭から浴び続けていた雪道の膝《ひざ》が、かくんと折れた。

「……あれ？」

バスタブのへりに手をついて身体を支えるが、ずるずるとその場にへたり込んでしまう。

天井がぐるぐると回り始めて、やべぇ、と雪道はつぶやいた。

「おい、大丈夫か？」

ふいに背後から涼しい風が流れ込んできて、ハッと雪道は我に返った。

仙光寺が心配して様子を見に来るほどには長い時間、酒でぼんやりしていたらしい。

バスルームのドアが開いて、長い腕がシャワーのコックをひねって湯を止める。

「いつまでも出てこないから見に来たんだが。……立てるか？」

「……仙光寺」

自分が泡まみれの全裸だということも忘れ、酩酊《めいてい》している雪道はすがるように手を伸ばす。

仙光寺はまったく抵抗せず、雪道に手を引かれるまま膝をつき、投げ出された足の間に座った。

心配そうな顔を至近距離で見つめるうちに、酔った雪道の目にはじんわりと涙が滲《にじ》む。

「ん？　なんだ、どうした。俺との再会で感激してるのか？」

からかうような言葉ではあったが、実はそれは半分当たっていた。

湯にのぼせたせいでさらにアルコールが回ってきた雪道は、あらゆる感情を抑え切れなくなっていたのだ。

内心を隠しおおせていると思っている雪道は、ちっ、と舌打ちをする。

「シャンプーが目に入っただけだ、バカ。それより……やるぞ。覚悟はいいか、コラ」

「ここでか？　もちろん俺に否《いな》やはない。というかむしろ、お前のそんな姿を見せつけられて必死に我慢をしているんだが」

「は？　俺の姿がなんだってんだ。俺はあれだ、どうでもいいんだよ」

それじゃあ本当にいいんだな、と低い声で囁《ささや》かれ、咄嗟《とっさ》に雪道はうなずいた。

と、黒々とした瞳に怖いような真剣な色が浮かぶ。

じっと見つめていると吸い込まれそうだと思ったそのとき、一気に瞳が目前に迫り、そして。

「……ん、う」

熱を帯びた唇が重なった。

うろたえてなにか言おうとした雪道の唇に、するりと舌が滑り込んでくる。

「ん、んん！　……っん」

がしっ、と肩を抱かれ、バスローブに裸の身体が密着した。

仙光寺はひどく冷静な顔をしていたが、くっついた胸から伝わる鼓動は、どちらも同じくらいに速い。

歯列をなぞり、上顎《うわあご》をくすぐり、いいように口腔《こうこう》を貪《むさぼ》る仙光寺に、なんとか反撃しようと雪道も舌を絡め返した。

「つん……う、ん」

そうして仙光寺のバスローブを肩から落とすようにして脱がせ、その身体を抱き締める。

濡れた肌がぴたりと触れ合うと、なんともいえない充足感で、雪道の胸はいっぱいになった。

何年も毎日毎晩、ずっとこの身体を求めていたのだ。

「つあ、はあっ、仙光、寺……っ」

濃厚なくちづけの合間に息継ぎをするように呼吸をし、骨や皮膚の感触を味わうように手のひらで張りつめた仙光寺の筋肉をまさぐる。

「雪道……」

仙光寺も同様に、夢中でこちらの身体に指を這《は》わせてきた。

――たとえこいつにとっては、遊びでもいい。今こいつは俺の腕の中にいて……俺だけのものだ。

キスの合間に時折、しげしげと顔を眺《なが》めた。学生時代の甘い美男子ヅラから、野性味を帯びた二枚目へと変貌を遂げ、骨格もかつてよりがっしりし、胸板も厚くなった仙光寺は、高校生の頃にはなかったセクシーな雄の魅力を放っている。

開かれたバスローブからのぞく、引き締まって割れた腹筋を見るうちに、雪道の動揺はさらに激しくなっていく。

――もしかして、最後までする気なのか？　え、でもまさか俺がやられるってことはないよな？　ちょっ、ちょっと待てよ、そんな覚悟できてねぇ！

やるならば俺が上に、と押し倒そうとした雪道だったが、その身体はびくともしなかった。

「雪道。お前まさか俺を抱こうというつもりじゃないだろうな？」

耳に齧《かじ》りつくようにされて囁かれ、ぞくりと背中に震えが走った。

「あ？　だっ、だってお前」

「抱くのはこちらだ。俺がいったい何千、何万回、お前を頭の中で裸にしたと思っている」

「はあああ？」

「抵抗されるパターン、寝込みを襲うパターン、体位四十八手《しじゅうはって》、すべてシミュレーション済みだ」

　ぎょっとして雪道は、とろんとしていた目を見開いた。

「なっ、なに言ってる！　俺はそこまでやるつもりは……っあ、ちょっ」

　首筋に舌が這わされ、雪道は唇を噛《か》む。

「っは、あ、なに……やっ、やめ」

　泡だらけの胸に、仙光寺の大きな手のひらが滑らされた。

「や……っ、あ」

　そうして愛撫《あいぶ》するように両手で胸を撫《な》で上げながら、わざと突起に指や爪をひっかけてくる。

「優しくするから心配するな」

「ふざけ……まっ、まじで、やめろって！　おっ、俺、男としたことねぇし！」

「本当か。それは喜ばしいことだ」

きゅう、と突起をつままれて、雪道は情けない声をあげてしまった。

「てっ、手で、出すから……っんむ」

抗議の声を封じるように、再び仙光寺の唇が唇に重ねられる。

先刻よりも仙光寺の舌は強引に雪道の舌を搦《から》め捕《と》り、きつく吸う。

「んっ、ん……っ」

やめろ、と押しのけようとした手は、仙光寺の両肩にかかってはいるものの、酒のせいで力が入らない。

「っは、あ、んん」

やっと離れた、と思ってもすぐに角度を変えて、すぐに唇が塞《ふさ》がれる。

痛いほどに刺激された胸の突起を、今度はやわやわと優しく仙光寺の指の腹が撫でた。

「っ！」

じん、と痛みの中に甘い痺れが走って雪道は息を呑《の》む。

――駄目だ。このままじゃ……こいつのペースに持っていかれる……！

湯気と身体の昂《たかぶ》りのせいで体内の中に生じた熱さで、苦しいくらいに暑い。

「雪道」

唇を頬から耳元へと滑らせて、仙光寺が熱を帯びた吐息と共に名前を呼ぶ。

「そう緊張するな。気持ちよくしてやるから、安心して身を任せろ」

「ふっ、ふざけたことを……俺は……男なんだからっ……ああっ」

「あいにくと、俺も男なんだが」

胸を弄《いじ》っていた仙光手の右手が、するりと下腹部へと降りた。ビクッと雪道は腰を引く。

「俺のキスでこんなにしてくれて嬉しいな」

「触る、な……っ」

雪道のものは、いつの間にか完全に勃ち上がってしまっていた。

隠そうにも全裸で足を開いているこの状況では、どうしようもない。

「っああ」

快感の芯をそっと握られると、甘い声が鼻から抜けた。

至近距離で見つめる仙光寺の瞳から、雪道は羞恥でおかしくなりそうに思いながら、必死に目を逸《そ》らす。

「俺を見ろ、雪道」

「っや……だ。手、離せって！」

けれど仙光寺は根元から上へと、泡の滑りを借りてリズミカルに雪道のものを追い立てていく。

「っあ、んんっ、待っ……や、やめろ、駄目だもう」

「もう？」

なにを言わせたいんだ、と睨むと、仙光寺はその視線を正面から受け止める。

「言わないなら俺が言う。もういきたいんだろう？　そうやって俺の目を見たままでいろ。そうしたらご褒美《ほうび》をやる」

「な、なにを調子にのりっ……っあ、やっ、熱っ……」

左手でずっと弄られてジンジンと疼《うず》いていた乳首に、唇が押しつけられた。

「いっ！　……ううっ」

舌先がしこった突起を転がし、歯を立てられて小さく雪道は悲鳴を上げる。

「まっ、まじで！　もうやめろ、やめろって言っ……」

言いかけた雪道の喉が、ヒッと鳴った。

自身を上下に擦っていた右手の指先が、その下のきつくすぼまった窪《くぼ》みを探ってきたからだ。

やめてくれ、と身じろぐだけで張りつめたものがゆらゆらと揺れ、先端から透明な滴《しずく》が零《こぼ》れる。

素面《しらふ》の状態であれば、本気で抵抗すればこの状況から逃れることは可能だっただろう。けれど今の雪道は、仙光寺の両肩にかろうじてかかっていた手さえだらりと落ちて、濡れたバスルームの床に投げ出されている有様だ。

背後に壁がなければ、完全に仰向けに押し倒されてしまっているだろう。

「んうっ！　あ、ああ！」

ぬる、と仙光寺の長い指が、体内に押し入ってきた。

嘘だろ、と雪道はパニックに陥《おちい》る。

「だっ、駄目っ……駄目だって……！　うあ、あっ」

「力を抜け、雪道。誘ったのはお前だぞ」

冷静な声に、雪道は涙目で訴《うった》える。

「だけど、俺はぁ！　ここまでするなんて思ってなくて」

「俺は絶対すると断固たる決意を秘めていたんだ、あきらめろ」

「バカ野郎！　だったらずっと秘めてろ！　俺は……んあっ、二本目、やめ……っああ！」

「やめない。わかるか、雪道。俺はお前のすべてに欲情している」

「なっ、なに、っや、あっ」

器用な仙光寺の中指と人差し指が、自分でも触れたことのない雪道の内壁を、探るように蠢《うごめ》く。

鳥肌の立つ異様な感覚なのに、なぜか雪道のものは一向に萎《な》えない。

むしろ今にもはち切れそうに反り返ってしまっている。

「ぬ……抜いて、くれっ、んう」

はあはあと荒い息をつき、雪道の顎が上がった。息苦しくて、もうろくに抗議の言葉も出てこない。

仙光寺はそんな雪道の胸の突起をいいように貪り、体内を指で蹂躙《じゅうりん》した。

触れられない雪道のものは、達することのできないもどかしさに震え始める。

バスルームには雪道の喘《あえ》ぎ声の混じった呼吸と、赤くなって固くしこった乳首に仙光寺の舌と唇が吸いつく音、内部を弄って出入りする指先のくちゅくちゅというねばついた音が反響した。

「はあっ、は……、ああっ、あ」

それらの音と熱、下腹部から猛烈に込み上げてくる熱の塊《かたまり》、そして絡みつく仙光寺の視線で、ただでさえ酔っている雪道は、おかしくなってしまいそうだった。

「もう、もう、俺」

さんざんに焦《じ》らされてぐったりした雪道は、もう仙光寺が普通に触れてくるだけでも過敏に反応し、腰が跳ねる。

「雪道……ずっとこうしたかったんだ、お前のことを」

優しく言って、仙光寺は雪道の体内からそっと指を引き抜いた。

そして朦朧《もうろう》となっている雪道の身体を抱きかかえるようにして体勢を変え、四つん這いにさせる。

「……？　仙……光寺……」

すぐにかくんと雪道の腕は崩れ、肩と頬が床につき、腰だけ高く上げた状態になった。

指を抜かれてもまだ熱を持ってわななく部分に、なにかぬるついたものが滴《したた》らされた、次の瞬間。

「うああ……っ！」

固い熱を持ったものが押しつけられて、反射的に雪道の身体は前に逃げようとした。

が、その腰はしっかりと抱え込まれる。

「そのまま力を抜いていろ。傷つけたくない」

「ひいっ！　あ……あああ！」

ぐうっ、と内壁が押し広げられ、熱いものが雪道の中に挿入されていく。

「っひ、あっ、はあっ」

咽喉《のど》が詰まったようになって、まともに息ができない。苦しさに涙が零れたが、辛いだけではなかった。

——仙光寺が。俺に欲情して、こんなに固くしてる。

そう思うと、押し広げられていく肉壁が、ひくひくと蠢いてしまう。

自分の腰をしっかりとつかんでいる手のひらにすら感じて、その部分がひどく熱い。

「あう、っあ、んあっ」

ずっと好きだった、絶対に手が届かないと思っていた相手のものが体内に挿入されていく衝撃に、雪道はなにも考えられなくなっていた。

イヤだ、駄目だ、という言葉がうわ言のように唇から漏《も》れる。

「ああ！」

後ろから回された手が反り返ったものを撫で上げ、雪道は嬌声《きょうせい》をあげた。

そうしながら仙光寺は、容赦なく雪道の中に根元まで自身を埋め込むと、ゆっくりと腰を使い始めた。

「――っ、っあ、……う、ああ」

ゆさゆさと、身体を揺すられるたびに、痛みに混じった快感が、背骨から頭につき抜けていく。

「……雪道。辛いか？」

なにか答えようと口を開いたが、もう言葉にはならなかった。

唇の端から唾液を零し、汗と涙で濡れた顔で、いやいやをするように首を振るのが精一杯だ。

「――っ！」

目の前が白く光る。びくびくっ、と大きく痙攣《けいれん》した雪道の中に、熱いものがどっと注ぎ込まれ、ふたりは重なり合うようにしてバスルームの床にくずおれたのだった。

◇◇◇

——雪道は、俺を嫌っていなかった。なんてことだ。それだけで、見ろ。ビルも看板もアスファルトも、すべてが桃色に染まっているようだ。

ホテルに入る数十分前。

泥酔しているらしく、駅前の薄汚れたベンチで呆《ほう》けたようになっている雪道を、仙光寺は無意識に微笑みながら見守っていた。

相変わらずなんて愛らしいんだろうと、茶色い毛先に包まれた細面《ほそおもて》の顔を見つめる。

仙光寺にとって雪道の第一印象は、無愛想で不機嫌な、ちょっと変わったクラスメイトだった。

サボるのも喧嘩も様々なやんちゃも、他のヤンキーたちは楽しんで調子にのった結果の行為であるのに対して、雪道は違う。

なんというか真面目に一生懸命ヤンキーらしく振る舞っているような、そんなイメージがあった。

だから雪道はいつも楽しそうではなかったし、拗ねたような寂しそうな顔をしていた。

自分で言うのもなんだが、仙光寺は学生時代から非常に目立つ存在だった。

男も女も金や色、なんらかの目的で自分の近くに寄ってきた。

けれど雪道だけは、そっぽを向いていた。

正確に言えば、誰に対しても背を向けて、人間すべてに興味がないのではないかとさえ思えたほどだ。

――なぜあの男は、あんなにまでしてひとりでいようとするのだろう。孤独を楽しんでいるといった風情もないし、そこまで教師に反抗的でもないようだが。

人を寄せつけない同級生が気になってたまらなくなったとき、すでに自分にとって雪道は特別な存在になっていたのではないかと仙光寺は思う。

興味を持った対象にはなんであろうと物怖《ものお》じせず、積極的に近づいていくのが仙光寺の性格だ。

そうして親しくなってみると雪道は、思っていた以上に人懐こく、笑うと一気に表情が幼くなって、がらっと雰囲気が変わった。

すっかりその様子が気に入って、他の取り巻き連中には触らせたことすらないバイクの後ろが雪道の定位置になった頃。

仙光寺は雪道とキスをした。

しかし別に、好きだ嫌いだのという話ではない。

突然降り出した雷雨を避けて公園の遊具の中で雨宿りをした際、そこにグラビア雑誌が捨ててあったのだ。

　どの女の子が好みか、などとヌード写真を眺めているうちに、気が付けば互いの身体が密着し、おかしな雰囲気になっていた。

　お互いのものが勃っている、と察した瞬間目が合って、いきなり頭が沸騰《ふっとう》した。

　どちらからともなく唇を合わせ、夢中で手で抜き合って、それが自分でするよりずっと気持ちがよかったから、あっという間に達してしまった。

　直後、ひどく気まずいものを感じ、ろくに話すこともせずどぎまぎしながら帰宅したのを、仙光寺は今もよく覚えている。

　常に自分を信じ、自らの考えや行動に自信を持っていた仙光寺としては、それは本当に珍しいことだった。

　その晩の寝床で、仙光寺は何度もそっと指で唇に触れ、キスをしたときの感触を反芻《はんすう》した。

　――このかつて感じたことのない、甘いときめきはなんだ。雷鳴のような胸の高鳴り……！　これは単なる欲望なんかじゃない。恋……そうだ、初恋と断定していいのではないだろうか。齢《よわい》十七歳にして、俺は恋心を知ったんだ。

　嬉しさに仙光寺は自室の高い天井に向かい、よし！　と拳を突き上げる。

　――ただし……もちろん恋愛は、相手あってのことだ。成就《じょうじゅ》するかどうかは雪道次第だな。明日にでも気持ちを確かめねば！

仙光寺はそうベッドの中で決意したのだったが、翌日の雪道の反応は想定外に素《そ》っ気《け》ないものだった。

まるで単なる性欲処理でした、とでも言いたげな態度に、大層意気消沈してしまったものだ。

だが恋心は無理強いできるものではないし、必ずしも自分のように、同性に抵抗がないとは限らない。

生まれて初めての恋と同時に、仙光寺は失恋と挫折《ざせつ》を知った。

世の中には、自分の才覚や力だけではどうにもならないこともあるのだ、と悟ったのもこのときだ。

さらには特別な存在が出現したがために、その相手から嫌われる恐怖が湧いた。

本来はなんでも自分のやりたいようにやり、その結果として何百人の他人に嫌われようが歯牙《しが》にもかけない性格の仙光寺が、雪道にだけは嫌われたくないと感じたのだ。

だから本当は気になって仕方なかったが、『あの日』の話題は雪道の前で口に上らせることはしないよう、細心の注意を払った。

真正面から雪道の気持ちを確かめたら、友人ですらなくなってしまう。そんな気がしたからだ。

――おそらく雪道にとっては、あの場限りの。もう多分、忘れてしまっているような些細《ささい》な子供の一回きりのお遊びだ。俺はセフレにすらなれなかった。

けれど仙光寺にとっては違った。

その後自分でするときにも、頭に浮かぶのは常に雪道の顔だけだ。

だが皮肉なことに、こちらが求める気持ちが強くなるほど、雪道は自分から離れていってしまった。

最初は気のせいだと思おうとしていたのだが、誘っても断られることが増え、しまいには話しかけてもあまり反応を返してこない。

一度、なぜなんだ理由を教えてくれと詰問《きつもん》したが、雪道に怯《おび》えたような目をされて、ショックを受けた。

追いかければ、その分雪道がますます離れていってしまう。

そう考えた仙光寺は、仕方なく雪道から距離を縮めてくれるのを待っていた。が、それは虚しい期待でしかなかった。

受験シーズンも本番という頃には、雪道は遠目で目が合っただけでも、その瞬間に回れ右をして姿を隠してしまうほど、完全に仙光寺を拒絶するようになっていたのだ。

仙光寺は深く傷ついたが、それでも雪道を嫌いになることはなかった。

自分が嫌われた理由に、おぼろげながら察しがついていたからだ。

――俺のよこしまな想いに、あいつは気が付いてしまったに違いない。これだけ執着しているのだから、きっと顔や態度に出ていたのだろう。だから俺から離れていったんだ。それが嫌われた原因なのだとしても、あのいかにも反抗的ですという、目つきの悪い顎の細い小さな顔を、涙と唾液でぐちゃぐちゃにしたいという思いを止められない。もうやめてくれと懇願するまで抱き締めて、自分だけのものにしてしまいたい。もし雪道にこんな気持ちを悟られてしまったなら、侮蔑《ぶべつ》の言葉を吐かれても当然だと思えた。

だから雪道が離れていく理由がわからないというふりをしたまま、追いかけることができずにいた。

仙光寺はそれをずっと後悔していたが、決定的に嫌われずに済んだのだから、それでよかったのだと自分に言い聞かせていた。

しかし今、思いがけずに再会を果たした雪道は、あろうことか自分に会いたいと思っていたと言う。

さらには、嫌ってなどいないとも言った。

他の人間たちに、今ここで泥酔している雪道が、どう映っているかは知らない。

だが確実に仙光寺の目には、ぐったりしている雪道は傷ついた可憐《かれん》な小鳩《こばと》のように見えたし、その背後には色とりどりの薔薇《ばら》の花が咲き乱れているのが見えていた。

そして呂律の回らない舌で雪道がホテルへ自分を誘ったとき、酔った上でのことだろうがなんだろうが、仙光寺はこのチャンスを決して逃すまいと心を決めていたのだった。

◇◇◇

「目が覚めたか。おはよう、雪道」

翌朝、眠りから覚めて薄く目を開いた雪道の視界に飛び込んできたのは、満足そうな顔でこちらを眺めている仙光寺の姿だった。

シャワーを浴びたのか石鹸《せっけん》の香りがする仙光寺は、すでに着替えを終え、きっちりと髪も整えている。

雪道はまだ全裸のままで、頭もぼんやりしていた。

――なんであいつが傍《そば》にいるんだ？　これは夢の中なのか？

「仙……光寺……なんで、お前……」

うろたえながら上体を起こすと、鈍い痛みが腰に走って、雪道は顔をしかめる。

それをきっかけに頭の中がはっきりしてきて、だんだんと昨晩の記憶が蘇ってきた。

「急に動くな。痛むだろう？」

仙光寺は言ってベッドに腰を下ろし、雪道を気遣う。

――そうだ俺は。昨晩、こいつに……！

思い出した途端、カッと雪道の頭に血が上った。

「ふっ、ふざけんなよ、お前！　あんなこと……しやがって」

悔しいやら恥ずかしいやらで、言葉がうまく出てこない。

憤《いきどお》る雪道だったが、仙光寺に悪びれた様子はなかった。

「なにを怒っている。酔っていたとはいえ、先にホテルに誘ったのはお前だぞ雪道」

「だっ、誰が誘っただと！　いや、誘ったけど！　でも俺は……」

「誘ったのは認めるんだな？　だったら自分の行動に責任を持つべきだ」

朝の光を頬に受け、威厳すら感じさせる表情と声で仙光寺は告げる。

「言っておくが、俺はこれっきりにするつもりはないからな。また俺と会って欲しい。連絡先を教えろ」

「……え……」

あまりに強い口調で断言されて、雪道はうっかりイエスと答えそうになってしまい、慌てて言葉を飲む。

なにしろ長年、一途《いちず》に片思いをしていた相手だ。

これっきりにしたくないと言われれば、心が揺れないわけがない。

――そりゃあ俺だって、これっきりなんて嫌だ。でも会うだけならともかく、惚れた相手に遊ばれるなんて……それも抱かれるなんて冗談じゃない。

どうするべきかと悩んだ雪道の頭に、ふと解決策が浮かんだ。

――そうだ。なにを迷うことがある。俺が腹を立ててるのは、こっちばかりヒーヒー言わされて対等じゃなくなったように思えてるからで……次は俺が逆襲すればいいんじゃないか！

「よ……ようし、わかった。俺も……またお前と会いたいと思ってる」

そう答えると精悍な仙光寺の厳しかった表情が、パッと明るくなった。

「そうか。よかった。昨晩、あまり加減してやれなかったからな。嫌われたかと少し心配していたんだ」

すいと優雅に長い腕が伸ばされ、手の甲が優しく雪道の頬に触れる。

思わず雪道はピクリとして、仙光寺をおどおどと見上げた。

「顔色がよくないな。どこか痛むか。そろそろドラッグストアが開く時刻だから、鎮痛剤や傷薬が必要なら買ってくる」

「あ。ああ、まあ、痛くないって言ったら嘘になるけど」

「わかった、ちょっと行って買ってくる。……これを借りるぞ」

そう言って仙光寺が手にしたのは、なぜか雪道の穿《は》いていたデニムパンツと、下着だった。

「借りるって、それをお前が穿くつもりか？　サイズが違うだろ」

クエスチョンマークが頭の中で飛び交う雪道に、ごく真面目な顔で仙光寺は言う。

「違う。俺がいない間に、お前がいなくならないための担保《たんぽ》だ」

なにも下半身に身につけないままではこの部屋から出られないのは確かだが、そこまでして自分を留めておこうとする仙光寺に、雪道は茫然《ぼうぜん》とした。

「……そんなことしなくても、挨拶もなしに消えたりしねぇよ」

「そうは言っても、内心俺のしたことに腹を立てて、いなくならないとも限らない。現実にお前は一度、俺の前から姿を消しているだろう」

それは一流大学を志望する仙光寺にはついていけないし、自分は邪魔になってしまうだけだと考えて、雪道が身を引いたせいだ。

決して仙光寺から離れたくて離れたわけではない。

しかしそうと説明するわけにもいかず、雪道は言葉を濁《にご》す。

「昔のことだろ、そんなの」

「悪いが今のお前のことを、まだよく知っていないからな。ともかく借りていくぞ」

仙光寺はいかにも高価そうな光沢のある上着に、流れるような機敏な動きで袖を通しながら言う。

「ところで腹の具合はどうだ。空腹なら、フロントでモーニングセットを頼むが」

「奢りなら食っておく。……ところでお前、仕事は？」

「今日は日曜だぞ」

仙光寺は笑って、デニムパンツの間に下着をくるんで小脇に抱えると、部屋を後にした。

雪道は、嵐が去ったようにシンと静まり返った室内で、しばらく身じろぎもせず、ぼうっとクリーム色の壁を見つめる。

——駄目だ。まだ事態の展開に、頭がついていってねぇ……。昨日、飲みすぎて、あいつと再会して。俺としては、それだけでも充分パニックになりそうな大事件だったのに、酔った勢いでホテルに誘って……。

もし抱かれたのでなく立場が逆だったら、勝ち誇った気分だったかもしれない。

だがそうではない以上、雪道の心境は複雑だった。

——これってあいつにとっては、ゆきずりの相手と一晩、ベッドで楽しんだってだけの状況だよな？　……チクショウ、虚しい。

せめて仙光寺が戻ってくるまでに、シャワーを浴びて昨晩の名残りを消したい。

雪道はそう考え、必死に床に足を下ろした。

「う……っ、いっ、て」

体内にまだなにか入っているような違和感があり、足腰の関節が悲鳴をあげる。

雪道は壁伝いにそろそろと歩き、なんとかバスルームにたどり着いて溜め息をついた。

「あーあ、ひでぇなこれ」

さらにはそこで鏡を前にし、ボサボサ頭の下の、二日酔いと貧血で青白い顔を見てがっくりと脱力する。

――もしいつかあいつと再会するときは、全身隙《すき》なくばっちり決めて、かっこつけていたかったのに。

昨晩から今朝にかけ、人生の中で一番みっともない姿を、立て続けに見られている気がする。しかも。

「これって……もしかして」

ボディソープを泡立てて身体を洗いながら、雪道は気が付いた。

思っていたほど身体が汚れていないのだ。足の間も下腹部も、すべすべしている。

雪道が眠ってしまってから、仙光寺が綺麗にしてくれたのだと思うと、顔から火が出そうだった。

「くそっ……くそっ、なんだってんだ！　あの男前！　結婚詐欺！　恋泥棒！」

悪口だかなんだかよくわからないことを喚《わめ》きながらシャワーを浴び終え、脱衣所にあった備えつけのバスローブを着て室内に戻ると、仙光寺も外から帰ってきたところだった。

仙光寺は雪道を見ると、なぜかしまったという顔をする。

「俺としたことがバスローブを忘れていた。へたをしたらその格好で逃げられていたかもしれないな。今後は気を付けよう」

「だから逃げねぇって」

「それにシャワーを浴びるなら手伝ってやろうと思っていたのに。ひとりで大丈夫だったか？」

開いた胸元に視線を感じ、雪道は咄嗟にバスローブの前をかき合わせ、虚勢《きょせい》を張る。

「だっ、大丈夫に決まってんだろうが」

「そうか。だったらほら、そこに横になれ。薬を塗ってやる」

はあ？　とまだ濡れた髪を額に貼りつけたまま、雪道は首を傾げた。

「そんなのっ、なんでお前にやってもらわなきゃならないんだよ！　自分でやる！」

仙光寺は苦笑した。

「自分では無理だ。見えにくい場所だろう？」

「だいたいでなんとかなる！」

「いいから、言うことを聞け」

仙光寺は、そら、と雪道の身体を軽々とベッドに押し倒した。

「わあっ、バッ、バカッ、やめろっ！」

またなにかされるのではと、うつ伏せにされた雪道は手足をばたつかせる。

仙光寺はてきぱきと雪道のバスローブをたくし上げ、冷静な声で言った。

「薬を塗るだけだぞ？　昨晩、そんなに怖い思いをさせてしまっていたか？」

下半身を丸出しにされ、またも雪道は、カッと頬が熱を持つのを感じる。

「しっ、してねぇ！　あんなもん別に、怖くなんかなかったし！」

「お前は昔からそうだ。意地っ張りで、強がりで、まあそこが可愛《かわい》いんだが。……安心しろ、優しく塗ってやる」

「っか……可愛い、だと？　この……」

ますます雪道の顔は熱くなり、あまりの恥ずかしさと口惜《くちお》しさに、言い返す言葉が見つからなくなってしまった。

「っひ！」

びと、と仙光寺の指先が、鈍く痛む部分に触れたのを感じて、雪道の身体がピクンと跳ねる。

ぬる、と奥まで指が入ってくると、喉が詰まったようになり、呼吸が浅くなっていく。

「痛くないだろう？　雪道」

――ヤバイ……。た、勃つ。

額に汗を滲ませて、雪道は唇を嚙んだ。

傷薬を塗られただけで勃起してしまったら、トラウマがさらに増えてしまう。

――落ち着け。なにか萎えることを考えろ。……そうだこんなの、肛門科に来てると思えばいい。それで年寄りの爺《じい》さん医者が、しわしわの指で座薬を入れているんだと思えば……！

額に汗を滲ませて、雪道が必死に空想の世界に逃避しているなどと知るはずもない仙光寺は、そっと丁寧に薬を塗り終えると、バスローブを元に戻した。

「よかった、出血はしていないようだ。鎮痛剤も飲んでおくか？」

「……いや……いい」

「まったくお前は、負けず嫌いのがんばりやさんだな。もっと甘えていいんだぞ」

「がっ、がんばりやさん？　この……っ、仙光寺お前、俺のことバカにしてんだろ！」

なんのことだ？　と仙光寺が不思議そうな顔をする。と、インターホンが鳴った。注文した朝食が届けられたのだろう。

すっと立って行ってドアへ向かう仙光寺の、均整の取れた後ろ姿を見ながら、雪道は改めて逆襲を決意していた。

――クソゥ。見てろよ。このままで終わる俺じゃねぇぞ。

雪道はのろのろとベッドで上体を起こし、せっせと朝食をテーブルにセッティングする仙光寺に言う。

「なあ、仙光寺。……次の週末は、俺の行きつけの店で飲むってのはどうだ？」

振り向いた仙光寺は、嬉しそうに答えた。

「お前の行きつけの店か。興味があるな。ぜひ、そうさせてくれ」

だが、と仙光寺はジャケットから名刺入れを出した。

「その前に、連絡先を交換しておこう。週末に会うといっても、うっかりすれ違ってそれきりになったら困る」

「え？　ああ、いいけど。あれ、携帯どうしたっけ俺……」

上着のポケットだろうかときょろきょろする雪道に、仙光寺は不敵に言った。

「携帯なら、すでに番号とアドレスは交換済だ」

「は？　お前、勝手にやったのかよ？」

「そうだが、あんな頼りないものだけでは連絡先と言えん。住所を教えろ。家電《いえでん》があれば、そちらの番号もだ」

「お前……なんなんだよ、その押しの強さは」

驚き呆れはしたものの、相手が仙光寺では怒る気になれない。

それに現在の連絡先が知りたかったのは、こちらも同じだった。これで何年も切れていた糸が、完全に繋がることになる。

嬉しい反面、急激すぎる接近と関係性の変化に、どこか怯《ひる》んでもいた。

それでも雪道は素直に住所を告げ、名刺を受け取る。

――北仙《ほくせん》不動産、代表取締役……。やっぱりこいつ、社長なんだ。あ。でもこれって、会社の住所しか書いてない。

名刺を見つめる雪道の心を読んだかのようなタイミングで、仙光寺はメモを渡してきた。

「こっちが現在の俺の自宅住所だ。近いうちに遊びに来い」

「あ、ああ」

なんとなく勢いに気圧されて、雪道はメモを受け取る。

「……へえ。お前、目黒《めぐろ》に住んでたのか。だったら俺がさっき言ってた店とそんなに離れてない。土曜に五反田《ごたんだ》の中央改札、七時でどうだ」

「問題ない。楽しみにしている」

――しめた。乗ってきやがった。覚えてろよ、仙光寺。昨晩の俺の十倍、ヒーヒー泣かせてやるからな。

雪道はさりげなく横を向き、仙光寺からは見えない角度でニヤリと笑う。

そうして逆襲の成功を心の支えに、雪道はこれから三日の間、筋肉痛と腰の痛みに耐えたのだった。


「兄貴、腰の調子はどうっすか」

雑居ビルの地下二階。粗末なデスクのパイプ椅子にふんぞり返って座っていた雪道に、やっと二十歳になったばかりの弟分、八重垣《やえがき》が声をかけてくる。

雪道はシャツの胸元を大きく開き、八重垣はネクタイをしてベストを着ているが、どちらも店の制服で、同じ黒いスーツを身につけていた。

「あー。お前のおかげで昨日よりはましになった。客の入りはどうだ？」

「人数は少ないっすけど。さっき常連のカモが来たんで、しのぎはそこそこいくんじゃないすか」

「常連……バッジと星のガキ、どっちだ」

「星っす。先週あれだけスッたのに、よくまあ懲《こ》りないもんですよ」

「あの道楽息子にとっちゃ、はした金なんだろう」

雪道は数年前から、違法なカジノバーでマネージャーをしている。

仕事は主に人事と監督で、客前に出ることは滅多《めった》にない。

一方の八重垣はバーテンダーとして、店内で働いていた。

星というのは店内だけで通用する隠語で、芸能関係者やその子息を差す。バッジは政治家、球はスポーツ選手といった具合だ。

事務所はスペースの半分が倉庫と化していて寒々しいが、店舗はそれなりの広さがある。

メインは賭けポーカーで、警察に嗅ぎつけられた際に撤収しづらいルーレット台などは置いていない。

従業員は他に雇われ店長がひとり、アルバイトの女の子が五人、バーテンダー兼、賭けポーカーの親が七人ばかりいる。

そこそこ儲《もう》かりはしていたが、マルチ商法や性風俗関係に比べると組の中で重きを置かれていない、小さな仕事だった。

ほとんどの従業員たちとは完全に仕事面でのつき合いしかしていないのだが、この末端組員の八重垣だけは違った。

八重垣は七歳年下で、いざとなれば啖呵《たんか》も切るし喧嘩っぱやいが、瞳はつぶらでどこかまだ少年らしさを残している。

十代でこの世界に飛び込んできて、雪道が一から指導をしたせいか、なにかと相談事を持ちかけてくるなどして兄貴兄貴と懐いてきていた。

そんなふうに慕《した》われればやはり可愛く思えてくるので、あまり他人に心を開かない雪道も、珍しく気を許している。

八重垣と三歳違いの、弟の春道に面影を重ねているせいも多分にあった。

「ホールの手は足りてるんで、なにか手伝うことがあったらやりますけど」

「いや……スケジュールもさっき組んで終わっちまったしな。暇ならカウンターでグラスでも拭いてるふりしてろ」

「腰のマッサージ、今日はしなくてもいいっすか？」

それは頼みたい、と雪道は立ち上がる。

「お前、妙に上手いよな。昨日やってもらって、すげぇ楽になった。小遣いやるから、また頼むわ」

言いながら、仮眠用の細長いベッドに横になった。

上客がゲームにはまってどんどん金を使い始めると、ここが稼ぎ時とばかりに明け方まで店を閉めないことがあり、その際に雪道はこの固い寝床で眠ることがある。

そこにうつ伏せになると、失礼します、と八重垣が背中を指圧し始めた。

「んー……、お前転職できるよ、八重垣」

「学生時代、部活で覚えさせられたんすよ。……ここ、どうです？」

「うっ、効く……そこ、強く……。部活って、なにやってたんだ？」

ぐいぐいと凝《こ》っている部分を押され、雪道はぎゅうと眉を寄せる。

「サッカーっす。言ったことありませんでしたっけ？　俺、これでも特待生だったんすよ。それが怪我して、選手できなくなって、それでも部活辞めるのもアレなんで、しばらくは裏方でこういうことやってたんすけど」

あー、と溜め息交じりに雪道は言う。

「耐え切れなくなってグレちまったのか」

「はい。結局退部してヤンキーっす」

くっくっと、とふたりして低く自嘲《じちょう》めいた笑いを漏らした。

「まあ、十代の頃ってのはいろいろあるわな。俺も学生時代に、道を踏み外しちまって気が付いたらコレだもんなあ」

「そういえば兄貴って、北仙の社長と同じ学校って聞いたことありますけど」

仙光寺のことだ。なんとなくギクリとして、雪道は焦《あせ》る。

「だっ、誰に聞いたんだ、そんなこと」

「店長です。店長って族上がりじゃないすか。で、当時の話から昔はあそこの社長、近隣の暴走族の中でも一目置かれる存在だったたって流れになって、そんで兄貴もチームにいたらしいって」

「俺は……別に。……お前そこ、もういい。力入れすぎ」

すんません！　と謝る八重垣の声を聞きながら、雪道は当時のことを思い出す。

正直、チームに入ったという実感はほとんどなかった。頻繁に仙光寺から後ろに乗れと声をかけられて、その誘いに応じていただけだったのだが、いつの間にか雪道までもが注目を集める存在になっていた。

そもそも暴走族とはいっても、仙光寺を慕うヤンキーが勝手に集《つど》ったファンクラブといった様子で、他のグループにありがちなルールや仲間内の掟《おきて》といったものもなく、なにをするにもすべて仙光寺の一存で決まっていた。

――頭も顔も運動神経も完璧なくせに、どこかあいつは変わってた。特別で誰にも似ていなくて……どうやっても追いつけない、憧れの存在でもあった。どうしても手に入れたい、恋しい相手でもあった。……それなのに。

先週末の自分の醜態が生々しく脳裏に蘇り、雪道は思わず舌打ちをした。

「あっ、また痛かったっすか！」

慌てる八重垣に、違う、と雪道は首を振る。

「いや、悪い。あんまりあいつに腹が立って、思い出してついイラッとしただけだ」

「あいつって、北仙の社長っすか？」

まあなと肯定すると、八重垣はひどく興味を持ったようだった。

「さすが兄貴、あいつって言えるくらいに親しい間柄《あいだがら》だったんすね」

雪道は曖昧《あいまい》にうなずいてから、もう少し上をゆっくり、と八重垣に指示を出した。

「どんな学生時代だったんすか？　兄貴ってあまり武勇伝は話してくれないっすけど、たまには聞かせてくださいよ」

「そんな武勇伝てほどのもんは、なんもねぇからだよ。族同士の乱闘みたいなのはあったけど、俺たちは興味ないから参加してないし。あいつのバイクを操る技術とかは本当にすごかったけどな」

八重垣の指が背中からだんだんと移動して腰を押し、雪道は呻《うめ》くように言う。

「どっちにしろ、昔は昔、今は今、だ」

「えっ、今ってことは、現在進行形で社長と繋がりがあるんすか」

びっくりしたように八重垣が言ったとき、室内に内線のコールが鳴った。

出ます、と八重垣が受話器を取る。

「あ、八重垣です。……わかりました、伝えておきます」

店長と思わしき相手の話にひとしきり相槌《あいづち》を打った後、雪道に内容を告げた。

「噂をすればなんとやらっすね。長谷川《はせがわ》さんがお見えになるそうです」

嬉しくない情報に、雪道は顔をしかめる。

「あー……星が来てるせいだな。ホールスタッフのゴマすりの上手いやつが、いいカモが来てますよと点数稼ぎに連絡したんだろ」

「うちの幹部が露骨《ろこつ》に儲けてるって話が流れると、客が減っちまうんすけどね」

「上の上から叱《しか》ってもらうってわけには、なかなかいかねぇからなあ。それより俺は、当座のご機嫌取りが面倒なんだが。……仕方ねぇ、出迎えに行く」

雪道は言って、固い簡易ベッドから降りると、ううんと大きく伸びをした。

八重垣をホールに戻らせ、簡単に身なりを整えると、急いで階段を駆け上がり、バーの出入口へと向かう。

「お疲れさまです！」

なにも疲れていないのはわかっているが通例でそう言うと、黒塗りの大きなセダンから降りてきた長谷川は、いかつい顔に笑みを浮かべた。

「おお、ご苦労、ユキちゃん」

そう言って下げられている雪道の頭を、馴《な》れ馴《な》れしくポンポン叩くと、ずいとセカンドバッグを押し付けた。

雪道は恭《うやうや》しくそれを受け取り、どうぞ、とドアを開いて中へうながす。

「おお、いるいる。美味そうなカモが。その前に景気づけだ」

長谷川がテーブル席の大きなソファにふんぞり返ると、いそいそとスタッフたちがキープボトルやグラスを乗せたトレイを運んできた。

紫と黄色とピンクという、頭のおかしくなりそうな配色が施されたカジノバーの内部には数十人の客がいて、それぞれゲームに興じたり、雑談を交わしながら酒を飲んだりしている。

長谷川は虫でも追い払うかのように、挨拶に赴《おもむ》いた店長に向かって、あっちへ行けと手を振った。

「松木《まつき》、お前は下がってろ。その陰気なツラを見てると、酒が不味くなっちまう。そっちの赤いドレスのおねえちゃん、酌《しゃく》をしてくれ。……それとユキちゃん、なんでそんなとこに突っ立ってんだ。お前が話相手をしろ」

長谷川はすでにどこかで飲んできたのか赤い顔で、雪道を指名した。

内心げんなりしつつも、雪道はハイッと返事をして長谷川の上着を脱がせ、スタッフに手渡しててきぱきと世話をする。

この男は組長の血縁ということで、幹部ではあるのだが誰からも評判は悪かった。自分でもそれがわかっているのか、目先の金にばかり執着している。

舎弟への接し方も粗雑で人望がなく、新入りは当然のことながら店長や雪道程度の組員は、犬猫かそれ以下のように扱《あつか》われていた。

だが、上下関係はこの世界では絶対だ。雪道は、失礼します、とできる限りのかしこまった態度で、長谷川の隣に腰を下ろす。

「今夜のカモの調子はどうだ。まだこれからでかく遊ぶ雰囲気か？」

雪道の耳にタバコ臭い息と一緒に、長谷川は囁いてくる。

「はい。最初から勝ち続けせさて調子に乗ってますんで、これからでかく負けさせます。その後に金額を吊り上げれば、一気に挽回しようと乗ってくるでしょう」

「よしゃ、首尾はユキちゃんに任すわ。上手いことといったら、駄賃をくれてやる」

ありがとうございます、と下げた頭を、長谷川はまたも気安く撫でてくる。

「なあ、ユキちゃん。お前はツラもいいし、頭も悪くねぇんだ。こんなとこで腐らせるのはもったいねぇから、いずれ俺がもうちっとましな仕事に回してやる。悪いようにはしねぇ」

だからこれからも自分に小銭を稼がせろ、ということだろう。

上にバレたら大目玉を食らう雪道としては迷惑極まりないし、長谷川の下で働くなど冗談ではなかった。ちょっとやそっとの小遣いでは割に合わない。

だが正論など通用する世界ではなかった。上が白といったら、墨汁《ぼくじゅう》でも白だ。

イカサマで勝つと約束されている賭場に長谷川を送り出しながら、雪道はブラックライトで青白く照らされた天井を眺めて、重く深い溜め息をつく。

ろくでもない職場で働くことに耐性はできているはずだったが、なぜだか今夜は無性に自分が嫌になってくる。

こんな仕事をしていることを、仙光寺に対してひどく恥ずかしいと感じていた。

雪道が仙光寺と会う約束をしたのは、カウンター席とテーブル席が四つあるだけの小さな飲み屋だった。

もちろん高級ではないが、安さが売りの煙で燻《いぶ》された年季の入った店でもない。

若者も気軽に利用できる明るい雰囲気で、メニューには串焼きや酎ハイと共に、サングリアやアヒージョなども用意されている小綺麗なバルだ。

ふたりは一番奥のテーブル席に座り、まずは生ビールのジョッキを手にする。

「なかなかいい店だな、雪道。これなら落ち着いて話ができそうだ。……お疲れ」

冷えたジョッキが、カチリと音を立てて触れ合った。

「お疲れ。……考えてみりゃ、この前は俺が泥酔しちまってたから、ほとんど近況とか話さなかったけど、お前ってやっぱり親父さんの会社継いでんだろ？」

ああ、と仙光寺は、ビールを口にしながらうなずく。

「慣れるまではしんどい時期もあったが、そこそこ順調にやっている」

「今ってお前、社長なんだよな」

「そうだ。名刺はこの前、渡しただろう。親父が第一線を退いたからな。……雪道、お前は？」

できれば触れて欲しくなかったが、隠しておけるものでもないだろう。

コンプレックスを感じつつ、雪道はボソリと言う。

「見てのとおりだよ。チンピラやってる」

「……堅気《かたぎ》じゃないのはわかっていたが、本職なのか？」

「ああ。高萩会《たかはぎかい》の構成員だ。つっても、下っ端《したぱ》もいいとこだけどな」

仙光寺は気掛かりそうな目をこちらに向け、小さく溜め息をついた。

「なんだってそんな。お前は確かに学生時代から、社会に背を向けがちだったが。そこまで自棄《やけ》になっていたとは思わなかった」

「別に、自棄になってたわけじゃねぇよ。流されて気が付いたら、後戻りができなくなってたって感じだ」

本当は、違う。雪道はあの頃、確かに自暴自棄《じぼうじき》になっていた。

もともと雪道がグレ始めた原因は、家庭環境と弟の春道にある。

けれど決定的にどうにでもなれとやさぐれたのは、仙光寺との関係がきっかけだ。

仙光寺に憧れ、慕っていたものの、横に並んでいられた時間はとても短いものだった。

意外にもアウトローとしての顔を持っていた仙光寺だったが、それはあくまでも一面に過ぎない。

高校も二年の後半になると、ふたりの進む道が違うことは明らかになっていた。

一流大学への進学に備え始めた仙光寺は、雪道にとって手の届かない存在に思えてしまったのだ。

そして親友に対して自覚した恋心は、ますます雪道を絶望の底に突き落とした。

雪道にとって仙光寺は決して成就することのない片思いの相手であり、友人としても並んで歩くことはできない存在だ。

近くにいることが辛くなり、少しずつ距離を置き始め、やがては連絡がきても無視し、避けるようになっていた。

そうした雪道の態度のせいで、仙光寺が嫌われたと誤解していたとしても、おかしくはない。

——好きだから、苦しかった。俺は男で、頭の作りも普通。中高と真面目に勉強していればともかく、いきなり挽回できるほどのオツムはなかった。それでももちろん、その気になればいくらでもまっとうな仕事はできたんだろうが。……俺はなにもかも嫌になってた。

雪道はぐいと、ジョッキを呷《あお》る。

——こいつの傍にいることができないのが寂しくて悔しくて、どうにかなっちまいそうな毎日だったんだ。

雪道の胸の中など知るはずもない仙光寺は、こちらの沈黙を機嫌を損ねたせいだと思ったらしい。

「すまん、俺もしょせんは親の会社を継いだだけの立場だ。お前に説教するつもりはないんだが」

心配そうな仙光寺に、雪道はイラッとした。

もちろん悪気はないとわかっているが、優しくされることが癪《しゃく》に障《さわ》った。

仙光寺はこちらの気持ちなどもちろん知らない。まさか自分への片思いのせいで、雪道の心の荒み具合に拍車がかかったなど、知る由《よし》もないだろう。

「仙光寺だって、学生時代は随分《ずいぶん》とやんちゃしてたじゃねぇか。まだバイク、乗ってんのか？」

話すうちに双方のジョッキが空になり、雪道はドリンクメニューを差し出す。

「ちなみに、これのロックがおススメ」

「よし、それを貰おう。……バイクはもちろん、まだ乗っているぞ」

店員に向かって、雪道は右手を上げた。

「いつものロックふたつ。で、まだナナハン乗ってるのか？　ハーレーとか言うなよ」

からかい混じりの言葉に、仙光寺はいたって真面目な顔で答える。

「ハーレーは見た目の迫力はあるが、スピードはたいしたことはないからな。今の愛車は国産とイタリアのバイクだ」

「どっちみちリッター車（約１０００ｃｃ）だろ？」

「ああ。スピードと性能はやはり国産だが、イタリア車は運転が難しい分面白い。じゃじゃ馬ならしってやつだ。デザインも優雅で魅力がある」

相変わらずだな、と雪道は嬉しくなってきて機嫌を直した。

「てっきりお抱え運転手に、車で送り迎えされるだけの身分だと思ってた」

「社用の車はそうだが、自分の車は別だ。今は少し古めのアメ車が気に入っている。タイヤがよく滑って楽しいぞ」

「いや、滑らないほうがいいだろ普通は。どうせ目玉の離れた、車高の低いぺったんこな車ばっかり乗ってんだろう」

「燃費や安全性が二の次なのは確かだな。基本はスポーツカーだ」

「……スピード違反に気を付けろよ」

横目で見ると、仙光寺は快活に笑う。

「公道で無茶はしない。二百キロ以上出すのは、一般人でも参加可能なサーキットの壮行会くらいだ」

運ばれてきたグラスを手に、雪道は呆れつつ苦笑した。

中毒にも似た仙光寺のスピード好きは、今も健在らしい。

「事故だけは起こすんじゃねぇぞ」

「当然だ。切符を切られたことはない。オービスの位置もすべて把握している」

仙光寺は胸を張って言い切った。

「そういう問題じゃねぇだろ。……まったく、俺よりお前の行く末のほうが、よっぽど心配だっつーんだよ」

言いながら雪道は、グラスの中身を一気に飲み干す。

つられたように仙光寺も、一息に呷った。

「うん。なかなかこれは美味いな。麦焼酎か？」

「ああ。……オニーサン、お代わり」

空になったグラスを振り、店員を呼ぶ雪道は、内心ほくそ笑んでいた。

どちらも中身は透明の液体だが、実は雪道のグラスはただの水が入っていたのだ。

ここの店員も店長も、雪道とは長い付き合いになる。

カウンターの中にいる赤いバンダナを頭に巻いた店長と目が合い、雪道がこっそり目くばせすると、わかっているというように咳払《せきばら》いが返ってきた。

今夜どうしても一泡吹かせてやりたい相手が来るから、と説明すると、厄介《やっかい》ごとには巻き込まないという条件の上で協力してくれていた。

そうとは知らない仙光寺は、雪道に合わせてグラスを空ける。

「この手の店は入ったことがないんだが、酒も料理も悪くないな」

「だろ？　今夜は俺が奢るから、どんどん飲んでくれ」

言うと仙光寺が、少しだけ不思議そうな顔になった。

「俺を酔わせてどうする。まあ、明日は休みだからいいが」

「どうするって、あれだ。旧交を温める、ってやつだ。ほら、俺も飲むから」

――見てろよ。ぐでんぐでんに酔わせて、今夜は俺がお前を可愛がってやる！

男を抱いたことはないし、抱けるかもわからない。けれどこのままでは、男の沽券《こけん》に関わると雪道は考えていた。

仙光寺のことは好きだが、一方的になにかされるのではなく、男同士対等でありたい。

こちらの思惑《おもわく》には気付かず仙光寺はこの夜、必死の雪道の誘導により、度数の高い焼酎を十杯以上飲んだのだった。


「まっ、待て仙光寺！　お前酔ってるんだ、落ち着け！」

店を出てから数十分後。

仙光寺を首尾よくホテルに連れ込んだ雪道だったが、事態は意外な方向に展開していた。

「申し訳ないが、待てないな」

ベッドの上に仰向けになった雪道の上に跨《また》がった仙光寺は、ぎらりと獰猛《どうもう》な笑みを浮かべた。

「この前と同様、誘ったのは雪道だろう。据え膳は、遠慮なく食わせてもらう」

「違う！　据えられてねぇし、膳でもねぇから！」

仙光寺はしたたかに酔っている。それは間違いない。

だが潰れる気配はないし、手足から力が失われてもいなかった。

むしろ今まで抑制されていた理性という枷《かせ》がアルコールで弱まり、フルパワーで雪道を攻略にかかっているといった感じだ。

日頃ろくに運動をしていない雪道とは違うらしく、仙光寺の腕力は相当なものだった。まったくかなわない力で腕をつかまれたときようやく雪道は、再会した際、こちらを殴ろうとした巨漢の腕を、軽々と仙光寺がひねり上げていたことを思い出す。

室内に入るや否やベッドに押し倒された雪道は、あっという間に上半身を裸に剝《む》かれ、シャツで両腕を頭の上で拘束されてしまっていた。

――――うわああ、なんでだよ！　こんなはずじゃなかったのに！

マウントポジションを取った仙光寺は、もがく雪道の上で悠然《ゆうぜん》と自分のシャツを脱ぐ。

間接照明を背に浮き上がる、均整の取れた仙光寺の身体のシルエットに、こんなときだというのに雪道は、一瞬見惚れてしまった。

肩幅が広く胸板は厚く、ウエストは固く引き締まっている。

酔って潤んだ黒々とした瞳は、どきりとするほど色っぽい。けれど、だからといって抱かれたいとは思えなかった。

「いい加減にしろよ！　まじでこの腕、解け……って、っあ！」

喚く雪道の首筋に、仙光寺が顔を埋めてくる。きつく肌を吸い、舌を這わせ、鎖骨に歯を立てられて、雪道は喘いだ。

「んうっ、やっ、やめ」

「雪道。……雪道」

なぜか切なくなるような、辛そうな声で仙光寺は名前を呼んでくる。

「なっ、なんだよっ……っあ！」

下腹部を滑り降りた仙光寺の手が、ベルトを外しにかかった。

「駄目だって！　やめろ！」

叫んでも、雪道の策略で深酒をした仙光寺は止まってくれない。

自分で仕掛けた罠《わな》にはまった動物のように、雪道はもがいていた。

「そんなに怖がるな、雪道。この前だって気持ちがよかっただろ？」

さっさと雪道の下着ごと衣類を剝ぎ取った仙光寺は、ちっとも悪びれずに言う。

「怖がってねぇけど！　な、なあ仙光寺。頼む、手のコレを解いてくれ」

いくら喚いても無駄だと悟り、雪道は必死に説得にかかった。

仙光寺は無慈悲にきっぱり首を横に振る。

「駄目だ。可哀想《かわいそう》だが、解いたらお前は抵抗するし逃げてしまう」

「そ、それは、逃げるけど」

思わず正直に言うと、困ったやつだと言うように、仙光寺は溜め息をつく。

「誘っておいて抵抗するとは、天邪鬼《あまのじゃく》にもほどがある。それともわざと拒否して煽っているのかわからんが、こんな美味しそうなお前を前にして、どちらにしろ俺はもう限界だ」

割り開いた両足を、ひょいと抱え上げられて、雪道はうろたえる。

「まっ……待ってくれ、またあんなの、俺には無理だ！　今度こそぶっ壊れる！」

「こちらもこの状態でやめるなど不可能だ。あきらめておとなしく抱かれろ」

「本当にできねぇって！　思いとどまってくれ、頼む！」

怒るより、本気で怖くなってきて雪道は懇願する。

だが仙光寺は、備えつけのローションから、とろりとした中身を手のひらに零す。

「震えてるのか、雪道。……可愛いな。すべすべして、ほんのり色づいて、たっぷり果汁を含んだ桃のようだ。……うんと気持ちよくさせてやる」

ぞく、と雪道は鳥肌を立てた。酔った仙光寺は、一見しっかりしているし呂律も回っている。

けれど目は据わって、口元には酷薄《こくはく》な笑みが浮かんでいた。

「あうっ……っう！」

ぬるついた指で背後を探られて、雪道は自分のしでかしたことを後悔していた。

――こ、こいつまさか。この前は手加減してて……今夜はフルパワーってことはねぇだろうな？

「あ、ああ……っ！　ひっ、あ」

　ぐうっと長い中指が、一気に奥まで挿入される。

「いっ、いやっ……あ！」

　仙光寺は指の腹で、強く優しく体内を抉《えぐ》ってくる。

　慣れない感触に鳥肌を立てながらも、それは決して嫌悪感を与えているわけではない。

　その証拠に雪道のものは、ひくりと反応して頭をもたげ始めていた。

「あ、うっ！　や、やぁ」

　体内を探りながら、もう片方の手が雪道自身を擦り上げてくる。

　早くも雪道は呼吸を乱し始め、こめかみには汗が伝った。

「そら、もうこんなにしているじゃないか。どこが嫌なんだ」

　自信に満ちた声で仙光寺は言い、与えられる快感に小刻みに震える雪道は、否定の言葉を口にできなくなってしまう。

「で、でも、俺はっ……あ、んんっ」

　ずる、と指が引き抜かれ、雪道はきつく目を閉じてその感覚に耐える。

「抜くなというように、中が絡みついてきているぞ」

　仙光寺は嬉しそうに言って、上体を倒してくる。

「嘘だ、そんな……っ、いっ、っ！」

きゅうっと胸の突起に吸いつかれ、軽く歯を立てられて、雪道は小さく悲鳴をあげた。

それから器用な舌先がくるくると、突起の周囲を押すようにして円を描く。

痛みはだんだんと甘い快感に変わっていき、雪道は身悶《みもだ》えた。

「や、いやだ……っ、そこ、そんなにしたらっ、あ」

両手で胸の上の頭を押しのけたいのだが、拘束されていてどうにもならない。

――胸で感じるなんて。どうなっちまったんだ、俺の身体は！

焦れば焦るほど、頭の中から理性が飛んでしまいそうになる。

それに指が引き抜かれた体内は熱を持ち、まるで物足りないとでもいうように、ひくひくと疼《うず》いているのが雪道にもわかった。

「仙光寺、もう、俺っ……」

切ないような苦しさに雪道が声をあげると、仙光寺が顔を上げる。

濡れた唇に、酔って赤い瞳が、悪魔のようにセクシーで魅力的に見えた。

興奮と熱さでぼうっとなっている雪道の両足が、大きく割り開かれて抱え上げられ、仙光寺の肩に担がれる。

「ま……待って、くれ」

掠《かす》れた声で雪道は懇願する。手を拘束されたまま身体を貫かれるのが、ひどく怖かったのだ。

けれど仙光寺は、潤んだ瞳でとらえた獲物を、射貫《いぬ》くように見つめるばかりだ。

先ほど仙光寺の指で解された部分に、固い先端が押し当てられる。

「――――っあああ！」

いきなり痛みと混じった信じられないような快感に貫かれて、雪道は嬌声をあげた。

その衝撃で自分のものが弾け、下腹部にぬるついたものが滴るのを感じる。

「ひいっ、あ、うあああっ！」

その間にも、仙光寺は最奥《さいおう》まで腰を進めてきた。

苦しい。けれど、頭がおかしくなってしまうのではないかというくらいに気持ちがいい。

固く太いものが内壁を抉り、ぎりぎりまで引き抜かれてからすぐさま根元まで埋め込まれる。

「っあ！　ああっ、はあっ」

目の前で、何度も火花が散った。呼吸をするのが精一杯で、もうなにも考えられない。

前回は手加減してくれた仙光寺が、今回は酔っているせいで理性を失いフルパワーという悪い予感は、思い切り的中していたと雪道は身をもって知ったのだった。

「すまん、雪道！　悪かった！」

翌朝は最悪だった。

関節の痛みは前回の比ではない。下半身は重く痺れ、頭痛と微熱もあり、全身がだるくてたまらなかった。

いくら雪道が誘ったとはいえ、さすがに仙光寺は責任を感じているらしく、ひたすら頭を下げている。

アルコールで制御を失った仙光寺は、想像以上の凄《すさ》まじさだった。

酔っているせいでなかなか達せず、達しても仙光寺は際限なく雪道を求め続けた。

結果、雪道は明け方まで延々と身体を貫かれ、声が嗄《か》れるまで悲鳴をあげ、喘ぎ、もう許してくれと本気で泣くまで貪られたのだ。

もちろん雪道には、自業自得ということもわかっているのだが、それでもこの事態を素直には受け入れられない。

――なにしろそっちは遊びかもしれないが、こっちはお前に本気で惚れてるんだ。片思いの相手に、泣くまで犯される気持ちがわかるか？

という、憤懣《ふんまん》やるかたない思いがある。

「……もういい。仙光寺。頭、上げろ」

なんとか枕を背もたれにベッドに上体を起こし、雪道はがらがらに掠れてしまった声で言う。

仙光寺は、恐縮しつつも顔を上げた。

「許してくれるか？　酒の上とはいえ、随分とお前に無茶をしてしまった。この借りは、必ず返す」

「いや……いいから」

泣かされたせいで腫《は》れぼったい目を擦り、雪道はボソリとつぶやいた。

「もう俺の前から、消えてくんねぇかな」

「……え……？」

「ムカつくんだよ。好き勝手しやがって」

言って雪道は唇を噛む。

――だって。どれだけ俺がお前を想ってきたか、お前には想像もつかないだろう。

口に出す辛辣《しんらつ》な言葉とは裏腹に、心の中は切なさと悲哀に満ちていた。

「ちょっと声かけたからって、調子に乗ってんじゃねぇよ。俺は……お前に抱かれたいなんて、思ってなかったし」

――何年も忘れられなかった。お前にとって俺はただの性欲処理器でも、俺にとってのお前は憧れで、理想なんだ。

「お前の遊びに、もうつき合う気はない。仕事があるのに体調まで崩されるなんて、冗談じゃないからな」

――やっぱり今でもお前が好きだ。だから辛くて、こんなのはもう我慢できない。

血を吐く思いで雪道が言ううちに、仙光寺の表情はみるみる曇っていく。

「待ってくれ、雪道！」

思いがけないほど鋭い悲痛な声に、雪道はビクッとなって口を閉じた。

仙光寺は神妙な口調で言う。

「その……今回のことは、酔っていたとはいえ本当に俺が悪かったと思っている。お前にホテルへ誘われて、調子に乗ってしまっていたのも事実だ」

仙光寺が悪くないことは雪道にもわかっている。飲ませたのも誘ったのもこちらだ。だというのに真摯《しんし》な目で謝罪され、雪道はぐらつきそうになる心を、必死に立て直した。

「あっ……謝ればいいってもんじゃない。とにかく、これで終わりにしようぜ」

本音を言えば、これきり会えないのは雪道としても辛かった。

自分が悪いのもわかっているから、仙光寺を嫌いになったわけでもない。

たとえ今はまた離ればなれになっても、おそらくいつかまた風の噂を聞いたら、遠目に仙光寺の姿をせめてひと目見たいと考えるに違いなかった。

雪道にとって仙光寺は、それほどまでに特別な存在なのだ。

だが、だからこそ辛い。近くにいても決して手に入らない大好きな相手に、身体を弄《もてあそ》ばれて平気でいられるほどには、雪道の神経は図太くなかった。

仙光寺から顔を背け、このまま部屋から出ていってくれと願う雪道だったが、いつまで待ってもその気配は一向にない。

こちらは懸命に感情を抑えているのにぐずぐずしやがって、と仙光寺に視線を向け、雪道は愕然《がくぜん》とした。

「な……ど、どうしたんだよ、お前」

仙光寺は両の拳を腰の脇できつく握り締め、九十度にこちらに頭を下げて、身じろぎひとつせずにいる。雪道は慌てて言った。

「もう謝らなくていいって。それにいくらそんなことされても、俺の気持ちは……」

「好きだ」

「……あ？」

「好きなんだ、雪道。お前のことが、もうずっと長いこと好きだった！」

――なにを言ってるんだ、こいつ。

絞り出すような苦し気な声に、雪道はしばらくポカンとして、仙光寺の形のよい後頭部を眺めていた。

やがてゆっくり、恐る恐るといった様子で、仙光寺の顔が上げられる。

男らしくきりりとした眉は切なげに寄り、まるで痛みに耐えているかのように辛そうで、再会してからもそれ以前も、常に自信と威厳で光り輝いていたような仙光寺にはまったく相応《ふさわ》しくない姿だった。

見ているほうが苦しくなり、雪道は胸を鎖で締めつけられているように感じる。

「お、お前の言ったことの、意味が……よく、わからないんだけど」

狂ったように暴れ始めた心臓が口から飛び出してしまいそうで、それだけ言うのが精一杯だ。

仙光寺は切羽詰まった顔をして、雪道に一歩近づく。

「雪道。その。わかってもらえないのは仕方ないが。……遊びじゃない。俺は……学生時代から、お前のことを好きだった。……この気持ちに、気付かれてしまったんだと思った。だから避けられるようになったんだと」

違う、と雪道は思ったが、緊張で咽喉が貼りついたようになっていて声が出ない。

ただ信じられない思いで、仙光寺の述懐《じゅっかい》を聞いていた。

仙光寺は、辛そうに続ける。

「同窓会もお前に会えるかもしれないと。そのためだけに出席した。それが……あんな形の再会になって」

固まっている雪道の目を見て、仙光寺は自虐的な苦笑を浮かべた。

「正直に言うと、俺から離れていったお前に、どこか復讐したい気持ちもあった。この偶然の成り行きを生かして、せめて身体だけの関係でも続けられれば、と思っていたのも事実だ」

――さっきからこいつの話す言葉を俺の頭が、聞いたら駄目だと拒否してる。

雪道はなにか言わなくてはと思うのだが、なかなか言葉が出てこない。

仙光寺の言っていることは、まるで自分が思っていたことそのままだ。

しかし自分と仙光寺ではまるで立場が違う。月とスッポンどころか、月とアスファルトに貼りついたガムくらいの差ではないか。

「そんな話……しっ、信じられるか。お前が俺を？　ふざけるな、舐《な》めてんのか」

どうにか口から出てきたのは、喧嘩腰のセリフだった。

仙光寺の顔から、苦笑が消える。

「だったら、どうしたら信じてくれる。俺は、雪道。このままお前と喧嘩別れだけはしたくないんだ。あの頃、お前が俺から離れていった理由を問い質すのが怖かった。だから離れていくがままにしたことを、俺はずっと後悔していた」

「後悔って……俺なんか相手にかよ……」

真剣な仙光寺の口調に、雪道の気持ちはさすがに揺れた。

「ああ。卒業してからも、何度も会おうと思った。探偵社にお前の居場所を探させようとしたことも、さすがにこれではストーカーだと思いとどまったこともある。それに……

会ったところで嫌悪感をあらわにされたら、もうなにも希望を見出せなくなってしまいそうな気もして、怯んでいた」

──怯む？　ラスボス相手にデコピンしそうな、世の中に怖いものなしのこいつが、俺に嫌われることをびびってたとでもいうのか？

するとと仙光寺は、とどめだとばかりにポケットから手帳を取り出す。

「まだ信じられないなら、これを見ろ雪道！」

印籠《いんろう》のようにかざしたそこには、学生時代の雪道の写真が貼られていた。

「はあ？　なっ、なんだそれ、いつ撮ったんだ、覚えてねぇぞ！」

「当然だ。隠し撮りしたんだからな。次のページのこれも。その次のこれは一番お気に入りのものだ」

ペラペラとめくられたページには、学生服や珍しく一度だけ出席した体育祭、それにバイクの近くに立っている、高校時代の雪道の姿が映っている。

「言っておくが、あくまでもこれは携帯用の、俺の宝物のごく一部だぞ。家には雪道メモリアルアルバムが三冊ある」

雪道は唖然《あぜん》として学生時代の自分の姿を眺めていたが、手帳と仙光寺の精悍な表情を見るうちに、長年封印していた想いが思わず声になり、唇から零れた。

「お。俺、は」

「……うん？」

仙光寺は手帳を大切そうにしまうと、雪道の発する言葉を一言も聞き漏らすまい、というかのようにこちらを見つめてきた。

自然に呼吸する方法を忘れてしまったように感じ、雪道は必死に息を吸う。

「俺は……俺だって、その。お、お前のことが、嫌いじゃない。がっ、学生の頃から。でなきゃ、酔ってたからってホテルになんか誘うか。バカ」

言った瞬間。

「雪道！」

パッと仙光寺の表情が明るくなり、ガバッと飛びついてきた身体に抱き締められた。が、現状をすべて許容するつもりはない。

「待て待て！　まだ俺はお前の気持ちを、信じたわけじゃねぇ！　……そうだ」

雪道は息を呑む。

「お、俺だって男だ。抱かれてばかりじゃ納得いかない。お前が……俺にやられてもいいと思ってるなら、信じてやる」

うっ、と仙光寺は珍しく言葉に詰まった。そろそろと雪道の背中に回していた手を外し、身体を離す。

それからどうすべきか考え込むように、腕を組んでしばらく目を閉じてから、申し訳なさそうに言った。

「すまん、雪道。それは難しい」

「おい、なんだよそれ！　やっぱり信じられねぇ！」

信じるほうに傾きかけた天秤《てんびん》が、再びガタンと不信に傾く。

「人のことやるだけやっといて、逆の立場は難しい、それでも信じてくれって虫がよすぎるだろ？」

違う！　と仙光寺はオーバーアクションで否定する。

「そうじゃない！　お前は自分のことをわかっていないのか？　クソ生意気そうな目が快感に潤《うる》み、皮肉しか言わないような唇から喘ぎ声が漏れる、そんな存在を前にして抱くなというのは殺生《せっしょう》じゃないか」

はあ？　と首を傾げる雪道に、さらに仙光寺は熱弁を振《ふる》った。

「つまり、一流パティシエが作成したクリームブリュレを前にして、それをシェービングクリームとして使うなどということはしたくないんだ！　わかってくれ、雪道」

仙光寺の力説に、全然意味わかんねぇよ、と雪道はむくれてそっぽを向く。

「そもそもお前、モテるんだろ。金はある、顔はいい、社長で社交家。そんな男が俺に本気だと？　うだつの上がらない、とりたてて取り得もない、ろくでなしのチンピラだぞ俺は」

「お前はお前だ、雪道。お前の長所も、短所も、どちらも俺は好きだ」

真摯な目と声にドキリとしたが、雪道は負けじと言い返す。

「じゃ、じゃあお前。俺と……胸張ってつき合えるのかよ？」

ずっと夢に見て、絶対に無理だと確信していた様々なことが、どっと胸の中に溢《あふ》れてきた。

「チンピラの俺とデートしたり、同棲したり、他人に紹介したり。……できないだろ？　俺はお前の口車に乗って遊ばれて、飽きられて惨めに捨てられるのなんてまっぴらなんだよ！」

不信の根底にあった本音を吐き捨てると、仙光寺は一瞬、鋭い目を丸く開いた。

「……雪道。お前、そんなことを気にしていたのか？」

「そんなこととはなんだ！」

必死な想いを軽く一蹴《いっしゅう》された気がして、雪道は食ってかかる。

そうではない、と仙光寺はベッドに腰を下ろし、雪道と目線の高さを同じにした。

「しかし俺はお前とデートや同棲をすることには、なんの抵抗も感じない。いったいなにが問題なのか、わからないくらいだ」

「……正気か、お前」

目を見開いた雪道を、仙光寺は不思議そうに見る。

「本気で惚れた相手なんだから当然だ。お前さえよければ、世界中に見せびらかして公言したいと思うが」

「嘘だ。信じられるか、そんなこと」

「困ったな。むしろ信じられないのは、お前が俺を、憎からず想っていてくれたということのほうだぞ」

言って仙光寺は、そっと雪道の長い前髪をかき上げるようにして撫でてくる。

雪道は激しい拒絶こそしなかったものの、びくっとして身を引いた。

仙光寺の目に、悲しそうな色が浮かぶ。

「雪道。俺はお前が、遊びだからこそ俺と寝てくれたのだとばかり思っていた。酔った上での成り行きでも、気まぐれでも、俺は……なにもないまま終わるよりは、たとえ数時間でもこの腕の中に抱き締めていられるならと」

自分も同じだ。雪道は葛藤《かっとう》しながら、仙光寺の言葉を聞く。

信じたくてたまらない気持ちと、信じたら後でひどく傷つくことになるという警戒心が、胸の中でせめぎ合っていた。迷い続けて雪道は口をつぐみ、室内には沈黙が落ちる。

が、しばらくしてハッと周囲を見回した。

「ヤバイ。今、何時だ」

「ん？　そろそろ二時を回るが」

そろそろ帰宅して、仕事に備えて支度をしなくてはならない。

「……俺、帰る。夕方から仕事あるから」

言ってベッドから出ようとした雪道だったが、立とうとして思い切りよろけてしまう。

「大丈夫か。……俺の責任だからな。せめて家まで送らせてくれ」

「え。いや、いいって」

雪道が拒んだのは、ぱっとしないアパートを見られたくないからだった。しかし仙光寺は、いつにもまして強引に言う。

「いや、行く。お前に教えてもらった住所が事実か、それを確かめたいからな」

思いがけないことを言われて、はあ？　と雪道は眉を寄せた。

「なに言って……わあ！」

ガシッ、と両肩がつかまれ、仙光寺に目の中を覗《のぞ》き込まれる。

「言っておくが、雪道。俺はもう絶対にお前を離さない。逃がさないから、そのつもりでいろよ」

「え……？」

「お前が俺を嫌いでないと知った今、二度と不要な遠慮などしない。お前と俺を引き離すものはすべて粉砕《ふんさい》し、邪魔するものには容赦しない。その相手が、たとえお前自身であってもだ！」

「わ……わかった」

思わず迫力に圧倒されて、雪道はうなずいてしまった。

それにひとりで帰れると強がりたくとも、初めて抱かれたときより何倍も身体が痛く、頭もふらふらして、とても手助けなしには帰れそうもない。

前回は本当に、仙光寺としてはかなり手加減してくれていたらしかった。

雪道は、甲斐甲斐《かいがい》しく手を貸してくれる仙光寺の協力で着替えをし、呼んでもらったタクシーに乗せられる。

そうして自宅の玄関まで身体を支えられるようにして、なんとか帰宅を果たしたのだった。


「はい……はい、申し訳ないっす。なんか、熱が結構、高くて。あ、やっぱり声、おかしいっすか。……はい、明日までにはなんとか大丈夫じゃないかなと。ある程度は八重垣に話がいってるんで、そっちで聞いてもらえたら。はい、じゃ、よろしくお願いします」

仙光寺に仕事があるとは言ったものの、この体調ではとても出勤できないと判断した雪道は、欠勤の連絡を入れた。

それが済むと大きな溜め息をつき、自宅のベッドに仰向けに寝転がる。

見慣れた小汚い天井を見ていると、やっと気持ちが落ち着いてきた。

精神的にも肉体的にもひどく疲れていたが、目を閉じても眠くはならない。

思い浮かぶのは、先刻玄関先で別れたばかりの仙光寺のことだけだ。

――あいつも……高校のときから、俺と同じ深みにはまって苦しんだっていうのか。

金で買えるものばかりじゃない。人望も女も、なんだって手に入る立場だっただろうに。

あの頃の雪道には、なにもなかった。

高校に入学して間もなく、父親が他界。母親の実家への引っ越しに伴い、多感な時期に転校を余儀《よぎ》なくされた。

母親は再婚をし、新しい父親と良好な関係を結ぶべく弟は努力していたが、雪道はあえてそれを拒絶した。

母親の溺愛《できあい》をはねつけ、自分から弟に目を向けさせるには、ちょうどいい機会だと思ったのだ。

雪道は基本的に子供の頃から、自分のことはどうとでも我慢できるし、二の次という感覚だった。常に気掛かりなのは弟のことで、春道さえ問題なく生活できるなら、それでよかった。

そうして反抗的な不良を装いつつ、転校先ではクラスに馴染んで楽しくやるなどという器用なことは、雪道にはできなかった。

結果として気が付けば周りに誰もいなくなり、居場所をなくした雪道を、文字どおり太陽のように明るく照らしてくれたのが仙光寺だった。

小さな喧嘩は何度もしたが、それすらもじゃれ合いの延長で、本気で疎《うと》んじたことなど一度もない。

そんな仙光寺に対して親友以上の気持ちを抱いてしまったのは、雪道にとって無理からぬことだったのかもしれない。

男に恋愛感情を持ったことはショックだったが、相手が仙光寺ならば仕方ない、と妙に納得したことを覚えている。それくらい仙光寺の魅力は大きく圧倒的で、強烈だった。

だからこそ逆に、仙光寺が自分に恋愛感情を持っていた、とはどうしてもにわかには信じられないのだ。

「……俺は多分、ブサイクってほどひどいツラじゃない……とは思うけど」

雪道は手を伸ばし、携帯の黒い液晶画面に映る自分を眺める。

尖った顎。神経質そうな眉と細い鼻梁《びりょう》。目つきの悪い、色素の薄い瞳。唇は薄く、平気で嘘八百を吹聴しそうだ。

極端に大きかったり出っ張っているパーツがない分、醜《みにく》くはないがありふれた男の顔だと思う。

——俺を好きだっていうのが本当だとしたら。どれだけ悪趣味なんだよ。

そう考えると、思わず唇に苦い笑いが浮かんだ。他人から自分の顔がどう見えるのか、あまり考えたことはない。

酒場で言い寄ってきた女は数人いたから、多分ひどい外見ということはないだろう。

弟分の八重垣などは、兄貴は男前だからなどと言うが、お世辞を真に受けるほど純粋ではない。

「まあ……人の好みってのは、いろいろではあるんだろうけどな……」

雪道の好みは仙光寺一筋なので、あの顔に似ていない自分の容姿は、理想からかけ離れている。

「なにか、他人と比べて飛びぬけた取り得も特技もないし。やっぱり考えれば考えるほど、あいつが俺を好きだなんて、信じられる要素がない」

セフレになってくれ、と言われるほうが、まだすんなりと納得できたかもしれない。

信じたい。信じられない。

「ああもう、こんなことで悩むなんて中学生か俺は！　二十代も後半の、ヤクザの端くれだってのに！」

こんなふうに面倒で、重たいつき合いは苦手だった。割り切ってあっさりと、その場が楽しければいいという人間関係しか、雪道は持ったことがない。

けれど仙光寺という存在はそうした関係を結ぶには、雪道にとって特別すぎた。

――両思いのつもりで俺だけが本気になって、あいつに裏切られたり、騙《だま》されて捨てられたりしたら……絶対に立ち直れねぇ……。

ごろりと雪道は寝返りを打つ。

それからきつく目を閉じて、深い溜め息をついた。

――とにかく。俺はもうあいつに抱かれるのはまっぴらだ。といって、絶交してあいつを傷つけるのも嫌だ。……友達として。ってのが無難な線だろうな。いくら仙光寺の言うことでも、甘い言葉は信じたら駄目だ。アイシテルもオマエダケダも、しょせん、口ではなんとでも言える。

「……よし。決めた」

雪道は目を開き、のろのろと痛む身体を起こした。

そうして明日は仕事に行かなくてはと、スーツをきちんとハンガーにかけ、腫れた目元を冷やすべく、洗面所へと向かったのだった。

雪道が仙光寺と友人関係を続けていきながら様子を見よう、と決めてから半月ばかりが経ったが、なぜか仙光寺からの連絡は一切なかった。

社会人の同性の友人から、たった二週間連絡が来ないからといって腹を立てることはないはずなのだが、雪道はひどく苛立って、仕事中もずっと不機嫌でいる。

――なんだよ。す……好きとか言ったくせに。やっぱりあの場を取り繕うための嘘だったんだ。別に、全然、これっぽっちも信じてなかったけどな！

そう思いつつ、雪道は風呂に入るときも、もしかしたら連絡があるかもしれないと携帯電話をバスルームのドア付近に置いていたし、朝起きると寝ている間に連絡があったかもしれないと欠かさずチェックをした。

毎朝がっかりしているうちに、信じないと言いつつ期待している自分が、とてつもなく惨めに思えてきたものだ。

けれど仙光寺が決して口だけの男ではないことを嫌というほど思い知らされたのは、その次の週末のことだった。

仕事を終え、疲れた足でアパートの前まで帰ってきた雪道は、近隣地域の風景から浮きまくっている、真っ赤な車体を目にして立ち止まる。

かーっとみるみる首から上が熱くなっていき、我知らず胸が激しく高鳴った。

まさかと思いながら近づくと、運転席のドアがいきなり開いて、雪道は飛び上がりそうになる。

「遅かったな、雪道。待っていたぞ」

「……なっ、なんでお前、いきなり来てんの仙光寺」

しばらく連絡を寄こさなかった仙光寺に、雪道はすっかり拗ねてへそを曲げてしまっていた。

ああやっぱり嘘じゃねぇか、とがっくり意気消沈していただけに、唐突な出現に面喰らってしまっている。

乗れ、と仙光寺は明るく言って、助手席を顎で示した。仕事で疲れて空腹だったが、仙光寺の勢いに引っ張られるようにして、雪道は思わず言われたとおりにする。

「なんなんだよまったく。だいたい、この辺りの路地に外車なんて、目立ちまくって仕方ねぇっての。セダンならまだしも、なんだこの鼻ヅラの長いでかい車は」

「ここしばらくのお気に入りだ。可愛らしいだろう」

「わかんねぇよ、お前の趣味。それになんだよ、全然連絡も寄こさないで、急に」

ずっと連絡を待っていたんだからな、とは口には出さない雪道だったが、口調はつい棘《とげ》のあるものになる。

「悪かった。このところ仕事がたて込んで時間が取れなかったんだが、なんとか一日でいいからまとまった休みが欲しくてな」

仙光寺は真面目な顔で謝り、経緯を説明した。

「一段落したらお前と会うと決めて、文字どおり馬車馬のように働いていた。やっと終わらせてすぐに、一刻も早くお前に会いたくて飛んできてしまったんだ」

少しも恥ずかしがらずに思いを吐露する仙光寺に、雪道はますます顔が熱を持つのを感じる。

「そ……そうだったのか。……お疲れ。別に、謝ることなんかねぇよ。どうしたのかと思っただけで、怒ってるわけじゃねぇし」

お前はずるい、と雪道は思う。

こんなふうに言われてしまうと、いきなり来るなとも、こちらの都合も考えろとも言えなくなってしまうではないか。

実際、雪道の言葉に嬉しそうに笑う仙光寺を見ていると、もうなんでもいいやという心持ちになってしまっていた。

仙光寺はすっかり機嫌をよくして言う。

「お前も仕事帰りなんだろう？　腹具合はどうだ」

「ええと。腹なら減ってる」

「そうか。だったらどこか途中で夕飯を食ってから行こう」

途中？　と雪道は首を傾げた。

「どこに行くんだ。ドライブするってだけじゃないのかよ」

それには答えず、仙光寺は悪戯《いたずら》っぽい目つきになる。

「お前の仕事は、明日も夕方からだろう？　それまで、ちょっとした短いバケーションはどうかと思って時間を作ったんだ」

「……いいけど。どこに行くつもりだよ」

どうやらサプライズの計画があるようだ。

仙光寺はニッと笑うと、雪道の空腹に大きなエンジン音を響かせて車を発進させた。用賀《ようが》のインターから車は東名高速に乗り、どうやら伊豆《いず》方面に向かうらしい。途中のサービスエリアで夕飯を済ませると、車は速度を上げていく。

「っおい、スピード出しすぎだろ！」

案の定、仙光寺の運転は昔と同じく豪快だ。平日の帰宅時間帯後とあって高速道路はガラガラに空いているが、久しくドライブなどしていない雪道は、ずっとハラハラしどおしで手に汗を握ってしまう。

仙光寺は眉ひとつ動かさない、いたって冷静な声で言う。

「なぜだか知らないが、この車に乗っていると競争を仕掛けてくるのが多いんだ。だからついかまってしまう」

ミラーを見ると、確かに背後から煽ってくるスカイブルーの車があった。

「そりゃ、派手な車だからだろ。頼むから事故らないでくれよ」

「俺は上手いから問題ない。そもそも、こういう手合いは悪気もないし、ちょっと遊んで欲しがっているだけだ」

そういうものだろうか、と思いつつもすごい勢いで後ろに飛んでいく窓の外の夜景に雪道が青くなっていると、ふいに仙光寺はスピードを落とした。

あれ？　と雪道が首を傾げている間にも、後ろから得意げにスカイブルーの車が車線変更し、こちらを追い抜いていく。

「なんだよ、負けちまったじゃねぇか」

びくびくしていたくせに負けず嫌いの雪道が言うと、ふっと仙光寺は薄く笑った。

みるみる小さくなっていくスカイブルーの車が、かなり前方を走っていた地味な国産車を追い越した途端。

追い抜かれた車が突然サイレンを鳴らし、スカイブルーの車を追いかけ始めたのだ。

「覆面《ふくめん》パトカーだ。あの車、完全にスピード違反で切符を切られる」

「まじか。お前、気が付いててスピードを落としたのかよ」

「あの車種であの色は人気薄で滅多に見たことがないからな。嫌な予感がしたんだ」

「そんなのまでわかるのかよ……」

ともあれ助かった、と雪道は脱力してシートにもたれる。

若い頃こそ風になった気分で公道を疾走するのが好きだったが、分別を身につけた今は怖さが先に来た。

確かに腕はいいし運転技術もたいしたものだが、当時とまったく変わらない仙光寺の感覚が、ちょっと普通ではないのだと思う。

けれど長いこと乗っていると、目がスピードに慣れてくる。窓の外に流れる外灯の光を見ているうちに、雪道はうとうとと眠くなっていた。

最近、仙光寺とのことを悩むあまり、睡眠不足になっているせいもある。

何度かハッとして座り直し、また睡魔の誘惑に負けるということを繰り返した頃、もうすぐだ、と仙光寺がつぶやくのを耳にする。

カーナビのマップを覗いてみると、やはり伊豆の西側付近だ。

「随分と遠いお出かけだな。もしかして、この辺りに別荘でもあるのかよ？」

あくびを嚙み殺しながら尋《たず》ねると、仙光寺はまあなとうなずいた。

「そこに泊まれってのか？　……言っとくけど、絶対に二度と俺は、お前にやらせる気はないからな！」

釘を刺すと、仙光寺はちらりとこちらを見て、安心させるように笑いかけた。

「むろん、お前の嫌なことはしないよう努力する。こちらの気持ちを疑われたくないからな。……そのために、ここに来たんだ」

「ああ？　どういうことだよ」

眉を顰《ひそ》める雪道に、淡々と仙光寺は答える。

「先日お前は、俺にこう言った。チンピラの俺とデートできるか。胸を張ってつき合えるかと」

「い……言った……けど」

仙光寺がなにを考えているのかわからず、雪道は不安になってくる。

「だから俺は、本当に実行できるのだとお前に知って欲しい。口だけでは、なんとでも言えるからな」

奇《く》しくも雪道が考えていたのと同じことを、仙光寺は口にしたのだった。


間もなく車は、仙光寺の別荘と思《おぼ》しき建物に到着する。

こぢんまりとした木造建築の屋根裏のある二階建てで、いたってシンプルな外装だが、重厚感のある造りは館《やかた》というのに相応しい雰囲気だった。

今夜は疲れただろうから、明日に備えて早く眠れと言われ、与えられた一室で雪道は広いベッドに身体を伸ばす。

——なんだ、あいつ。本当に手ぇ出してこないのか。

警戒していた反面、なんとなく雪道は拍子抜けした気分になっていた。

――バケーションて言ってたけど。だったらちゃんと支度して、着るものとかも考えてきたのに。

仙光寺はもう自分の部屋で、雪道を置いてけぼりにして眠ってしまったのだろうか。

が、慌ててそんな自分を否定するように、雪道は首を振る。

――なに考えてんだ俺は！　がっかりなんて、断じてしてねぇぞ！　クソッ、あいつのペースに巻き込まれて、唐突にこんなとこまで連れてこられて、こっちまでおかしくなってるんだ。

とにかく眠ろう。そうしないと、きちんと頭が働かない。

けれど初めて眠るベッドで雪道は、仙光寺はなにをする気なのだろうと様々な想像をしてしまう。

長いこと想っていながら、どこにいるのかさえよくわかっていなかった仙光寺と同じ屋根の下にいるというのが、まるで夢のようだった。

遠足の前日のような高揚感《こうようかん》を覚えつつ、気が付けば窓の外はかなり明るくなってきている。

「いいや、もう……どうせ眠れねぇし」

溜め息をついて起き上がり、隙間から明かりの漏れる窓のカーテンを開いてみる。

「――うお。青っ」

眼下に広がる風景に、思わず雪道は感嘆の声を漏らした。

ここはかなり高い岸壁の上にあったようで、下方には海原と、小さな漁港が見える。

青空に浮かぶ雲は輝くように白く、たくさんの大きな海鳥が悠然と飛んでいた。

きらきらと朝日を反射している波間を見ていると、我知らず唇に笑みが浮かぶ。

「青い……すげぇ青くて綺麗だ。海ってここまで青いもんだったか？　長いこと見てなかったから忘れちまってた……」

夜の裏稼業で荒んだ心の淀《よど》んだものが、眩しいばかりの風景に洗い流されていくように感じる。

――もしかして、海辺でデートでもする気か？　まあ、海水浴の時期じゃないから人目はあまりないだろうし……あいつとふたりで浜辺を歩くとか……い、いいかもしれない。
ポ、と雪道は頬を赤らめて、想像をたくましくした。
――周りに誰も邪魔がいなかったら、波の音を聞きながら、キ、キス、とか。

うう、と恥ずかしいやら嬉しいやらで、雪道は右の手のひらで顔を覆う。

自分がロマンチストだという自覚はまったくなかったが、長年の片思いが成就する可能性を思うと、つい夢見がちな思考に陥ってしまうようだ。

やさぐれた夜の生活を送ってきたせいで、澄み渡る青空ときらきら光る雄大な海の景色に酔っているのかもしれない。

朝食の用意ができたと仙光寺がドアをノックした頃には、雪道はすでにシャワーを浴びて髪もセットし、デートに出かける準備は万端整った状態になっていた。

ふわふわした気分でリビングへと赴いた雪道を待っていたのは、木彫りの深皿で湯気を立てるスープと、分厚い木の板に乗るこんがりと焼けた胚芽《はいが》パンだ。

「適当に座ってくれ」

仙光寺は、それぞれ違ったデザインになっている四脚の木の椅子を雪道にすすめ、まだ熱そうなパンにたっぷりと金色の濃密なバターを塗っていく。

「お前を迎えに行く前に適当に買ってきた材料だから、あまりたいしたものはできないが。腹が減ったら、どこかの店に入って食べればいいしな」

「あ、いや。俺、朝はそんな食わないし、気を遣わなくていいから」

雪道は頬が火照《ほて》っているのを感じながら、どっしりした意匠《いしょう》の椅子に座る。

正面に座った仙光寺にすすめられて口にしたスープには、煮込まれた野菜と厚切りのベーコンがどっさり入っていた。

ベーコンの出汁《だし》と野菜の甘味が凝縮された濃厚なスープは、とろりとしていて優しい味がする。

ごろごろと入っている根菜類はどれもスープの味がしっかりと染みていて、胃の中から身体を温めていくようだ。

パンにはスープと同じベーコンを焼いたものと、とろとろのスクランブルエッグを乗せて頬張った。

――仙光寺の手作り飯……。なんでこいつはなんでもできるんだ。

感心して味わう雪道を、仙光寺は普段は鋭い瞳を細め、じっと見つめてくる。

「美味いか、雪道」

「ああ。お前ってすげぇな。料理までできるのかよ」

「これくらい、料理ともいえんがな」

ところで、と仙光寺は親指で、自分の唇についたバターを拭う。

その仕草すら艶っぽく、かっこよく見えて、雪道は思わず見惚れそうになってしまった。

「朝飯を食ったら出かけたいと思うんだが。いいか？」

やはり海辺のデートか、と雪道は口の中のパンを飲み下す。

「あ、ああ。いいぜ。せっかくこんな海の近くまで来たんだからな」

「口だけの男と思われるのは心外だ。俺がどれだけお前とのことを真剣に考えているのか、行動と態度をもって示したい。そう思って、ここに連れてきたんだ」

なんて歯の浮くようなセリフを言いやがる、と思う反面、雪道はどう返事をしていいのかわからないほど照れてしまった。

おそらく真っ赤になっていたのだろう。仙光寺は慈《いつく》しむような目で、こちらを見る。

「いちいち反応が可愛いな、雪道は」

「うるせえ！　お前が恥ずかしいことばかり言うからだ」

「なにを恥ずかしがることがある。俺はお前が好きなことを恥ずかしいと感じたことは一度もないぞ！」

どうやら仙光寺は、本気で男同士ということに抵抗がないらしく、確固とした意志の強さを秘めた表情で続ける。

「昨晩なにもしなかったのも、俺の気持ちを真剣だとお前に理解してもらうまでは、我慢すべきと思ったからだ。身体だけが目当てなどと勘違いされたくない」

こちらはなぜ手を出してこないんだと悶々《もんもん》として、少々寂しい心持ちになっていたのだが、仙光寺なりにきちんと理由があったらしい。

「い、今さらだろ。別に……勘違いなんてしてないし」

照れ隠しにそう言うと、仙光寺の眉間に皺《しわ》が寄る。

「なんだと。俺が昨晩、同じ屋根の下にいるお前を想って、どれだけ我慢をしたと思っているんだ」

仙光寺は溜め息をつき、やれやれと首を振る。

「せめて寝顔だけでも見つめていたいと、何度かドアの前までは行った。だが中に入ってしまうとそれだけでは収まらなくなりそうだったから、五時間近く廊下で膝を抱えていたんだぞ」

雪道は唖然として、仙光寺を見る。それではふたりして、ほとんど眠れぬ夜を過ごしたということか。

「なっ……なにも廊下にいなくても。だったら俺を起こして酒飲むとか、リビングのソファにいればいいじゃねぇか」

「仕事で疲れたお前を起こすのは忍びないし、少しでもお前の近くにいたかった。……雪道。お前にはわからないかもしれないが」

鋭い黒々とした瞳に、切なげな色が浮かぶ。

「俺はお前がまた俺の前からいなくなることが怖い。だから強引に縛りつけたい反面、やりすぎて嫌われることも怖いんだ」

いったいなぜそこまで激しく仙光寺が自分を想ってくれるんだろう、という疑問がまだ雪道の中にはある。

しかし、こんな嘘をついても仙光寺には、なんのメリットもないはずだった。

「……なあ仙光寺。お前って、昔からゲイだったのかよ？　学生時代から」

腑《ふ》に落ちずに尋ねると、わからん、という答えが返ってくる。

「お前より好ましい人間に出会っていたら、それが男でも女でも好きになったかもしれないが、そんなものとは出会っていないからなんとも言えん」

それではバイなのだろうか。だったら今後、雪道より好ましい女と出会ったら、そちらへいってしまうのではないだろうか。

根がネガティブな雪道は咄嗟にそんなことを考えてしまったが、仙光寺はこちらの不安を見透かし、払拭《ふっしょく》するように言う。

「雪道。同性というリスクがあるのは、俺も承知している。だがひとつひとつ乗り越えていきたいし、いけるとも思っている。お前とふたりなら」

「仙光寺……」

真っ直ぐにこちらに向けられた瞳を見るうちに、商売柄簡単には人を信じない雪道も、さすがにこの言葉は嘘ではないと感じた。

むしろこの男を信じずに、他の誰を信じられるだろう。

本気になっては駄目だと肝《きも》に命じ、どうせ嘘だとムキになっていた自分が、なんだか恥ずかしくさえ思えてくる。

さすがは俺が惚れた男だ、と雪道は、満ち足りた思いでごちそうさま、と手を合わせたのだった。

「お前、なに考えてんだよ仙光寺！」

朝食から十数分後。別荘から徒歩でやってきたこの場所で、雪道は眩暈《めまい》を覚えていた。

「なに、とは。どんなリスクも、ひとつひとつふたりで乗り越えていこうとさっき言ったばかりだろう」

「それとこれとは話が別だ！　なっ、なんだってこんなところに……」

「それもさっき言ったじゃないか。お前に対する気持ちを態度で示すためには、ここがうってつけだと思ったからだと」

うう、と雪道は言い返す言葉が見つからず、茫然として立ち尽くす。

確かに気持ちを態度で示して欲しかったし、本当の恋人のようなあれこれをしてみたいとも思っていた。

けれど雪道のそれは叶うはずがないと思っていたからこそ見ていた夢であり、現実に行動に移すとどれほど恥ずかしいかまでは、考えたことがなかったのだ。

そして今。夢ではなく現実として、ふたりの背後にある大きな看板には、ここがどこなのか墨痕《ぼっこん》黒々と記してあった。『恋人岬《こいびとみさき》』と。

岬へ通じる道の入口付近は駐車場になっていて、大勢の観光客で賑やかだ。

そしてそのほとんどが、若いカップルたちだった。

「さあ、行くぞ雪道！　岬の展望台には、愛を誓う鐘がある。そこで互いの気持ちを確認した上で、今後永遠に身体と心、両方の伴ったセックスをすると誓おう」

高らかに宣言すると、ぎょっとした顔をして、周囲にいたカップルたちがこちらを見る。

「まっ、待て！　今は駄目だ！」

「どうしてだ。口だけではないと証明して欲しがったのはお前だぞ」

わかっている。だがここまで熱烈かつ、目立つ方法を実行するとは想像することさえできなかったのだ。

「確かにそうだけど、ちょっと落ち着いて周りを見てみろ仙光寺」

雪道は仙光寺が手を繋ごうとつかんできた右手を、必死に振りほどいた。

「ほとんどが二十歳そこそこのカップルじゃねぇか。こっ、こんなところでお前と俺が手を繋いで歩くのは、いくらなんでも怪しいだろうが！　通報されるぞ！」

「なぜだ。お互いを愛する気持ちに、年齢は関係ない」

堂々と言い切る仙光寺に雪道は頭を抱える。

「そういう意味じゃなくてだな。……そりゃお前は男前だ。知的な二枚目だ。スーツ姿もかっこいいし、金持ってるなーって感じもする。でも、その分すげぇ目立つんだよ！」

ふむ、と仙光寺はうなずいて、自分の上から下までをしげしげと眺めた。

「それがなにか問題があるか？」

「ある。俺はどう見てもチンピラだ。金持ちの男前とチンピラがこんなとこにいたら、明らかに変だろうが」

「……だったら別荘に戻って、サラリーマンにでも変装するか？　もう少し地味な衣類も置いてあるし、お前も七三分けにでもすればいい」

ああ、これはもうなにを言っても駄目だ。と雪道は今さらながら悟っていた。

思い起こせば、仙光寺は学生時代からこうだった。

成績はやたらといいくせに、マイペースで浮世離れしていて、価値観がどこか他の人間とズレている。

ひたすら自分の欲求と信念に忠実で、空気を読むということに意味や価値など感じない。なにしろ自信家で実力も伴うから、有無を言わさず強引に我が道を貫くところがあった。

考えてみればそういうところがあったからこそ、クラスで浮いていた雪道とも平気で親しくできたのだろう。

バイクの後ろに雪道が乗り始めた頃、取り巻きの暴走族連中は新参者にいい顔をしなかったが、仙光寺は周囲の声などどこ吹く風といった感じだった。

すべては自分のやりたいようにやる、文句があるならかかってこい、という思考回路だ。

そして実際に挑まれれば、徹底的に全力でひねり潰す。

現在も、その傲慢《ごうまん》ともいえるマイペースさ加減は変わっていないらしい。

よくも悪くもオトナの分別や世間体など、仙光寺には興味すらないのかもしれなかった。だが凡人という自覚がある上に、メンツを重んじる極道の世界に身を置く雪道としては、他人の目は結構気になる。

我ながら器《うつわ》が小さいとは思うのだが、とても仙光寺のように胸を張ってはいられない。

頼むから、と仙光寺に手を合わせた。

「せめて……あれだ。日が暮れて、暗くなってから岬に行こう。な？」

「うん？　まあ、夕暮れ時の風景が、一番人気があるとは聞いているが」

「違う！　真っ暗で誰もいないとき！　深夜だ深夜！」

「しかしお前は夕方から仕事だろう？」

「心配するな。休む」

「……お前が嫌なことはしないと約束したからな。どうしても夜がいいなら、駄目とは言わないが」

こうしてなんとか仙光寺を説得した雪道は、今日も体調が悪いので休みますと、店長に連絡を入れた。

仮病でサボってしまうことになったが、正直あまり罪悪感はない。むしろ休んだほうが人の迷惑にならず、悪事に手を染めなくて済む職種だ。

なにしろ違法賭博の上に、大抵のことは店長もホールスタッフも把握している。

暴力沙汰や警察に踏み込まれるなど、よほどの厄介ごとがない限り問題はないはずだし、少額とはいえこそこそと店の金を使い込んでいる店長には、文句を言われる筋合いはないと思っていた。

「悪かったな、雪道。店を休ませて」

「別に。お前、俺の職場をなんだと思ってんの。真面目にお仕事するとこじゃねぇから、気にすんな」

いったん恋人岬から離れたふたりは、雪道のリクエストで、部屋から見えていた漁港を散歩していた。

漁港といっても十隻船があるかどうかの、小さな船着き場だ。

雪道がなんとなくこの場所が気になったのは、いかにも健全で善良な人々の仕事の場、というふうに見えたからかもしれない。

自分の職場に後ろ暗さを感じている雪道には、違う世界のように新鮮に感じられていた。

朝方には、ここから漁船に乗っていった海女《あま》さんたちの姿が窓から見えたが、まだ戻っていないようだ。

そこかしこに網やバケツなどが置いてあり、潮《しお》の匂いがプンと濃く漂う。

浜辺に打ち寄せるのとはまた違う、コンクリートの桟橋《さんばし》に波が当たる音を聞きながら、雪道は時折そっと仙光寺を盗み見た。

それから気が付かれないように胸を押さえ、ともすればバクバクと暴れ出しそうな心臓を宥めようとする。

――再会してから、ずっと俺はこうだ。舞い上がったり、腹を立てたりしながら、結局朝から晩までこいつのことだけ考えちまってる。

ポケットに両手を入れ、思いをはせるように水平線のかなたを見つめる仙光寺は、まるで絵のようだ。

すらりとなった鞭《むち》のような立ち姿に、雪道は密かに葛藤する。

――写真、撮りてぇ！　ど、どうする。撮らせてくれって言うか？

携帯を手に迷っていると、ふいに背後から声をかけられた。

「おにいちゃんたち、観光かい？　写真、撮ってあげようか？」

人のよさそうな老婆が、日に焼けた皺深い顔でにこにこしている。

「あっ……ああ、そう、観光。仙光寺。せっかくだから、撮ってもらうか？」

「お前がそうしたいなら、いいが」

そう言ってこちらを向いた仙光寺の隣に立つと、さりげなく肩に手が回された。

えっ、と雪道はうろたえたが、老婆はなにも気にしていないらしく微笑んでいる。

周囲には他に人目がないので、それならばと雪道は、ぎこちないながらも笑顔を作った。

何枚か撮ってもらって携帯を返してもらってから、ついでにというさりげなさを装って、雪道は仙光寺に向けてシャッターを押す。

　すると仙光寺も、こちらを携帯で撮影し始めた。

「おい、なぜ顔を背ける。動かないでこっちを見ていろ雪道」

「俺はいいって。ちょっとお前あっちを背景にしてポーズ取れ。モデル立ちしろ」

「お前こそちゃんとこちらを見ろ。そして首を傾げて可愛く微笑め」

「ハハ、なんだそれ。バカじゃねぇの」

「おお、今の笑顔はなかなかよかったぞ」

「ふざけるな、消せ！　削除しろ！」

　あまり人目がないのをいいことに、くだらないことを言い合いながら笑い、潮風の中をあてもなくぶらぶらと歩いた。

　昼近くなると、漁師飯を食べられるというひなびた食堂に入り、天丼とあら汁に舌鼓《したつづみ》を打つ。

　それからまた海辺を散策し、磯《いそ》にいる生き物をからかったり、波でぽっかり空いた洞窟《どうくつ》を覗いてみたりしてから、日当たりのいい岩場の乾いている部分を探し、並んで座った。

　背後は切り立った崖になっていて、目の前には海原《うなばら》だけが広がっている。

　遠くの沖に漁船が見える以外は、ふたり以外に誰もいない。

　雪道はぼんやりと、幸福感に浸っていた。

――なんか今日はまるで、あの頃に戻ったみたいだ。バカやって笑って、ただ傍にいるのが楽しい。それだけで俺は、生まれてきてよかったたって思える。

「なにを考えているんだ、雪道」

仙光寺が、穏やかな目をして言う。

「……別に。ただ、海風が気持ちいいなと」

岩に砕ける波の音。トンビと鴎《かもめ》の鳴き声。

今くらいはなにも考えず、ただ傍にいることを実感したい。

仙光寺も口をつぐみ、代わりにそっと雪道の左手に、右手で触れてきた。

うっ、と照れて唇を噛んだ雪道だったが抵抗せずにいると、きゅっと手が握られる。

――ああもう。このクソ色男！　恥ずかしいだろうがコラ！　……絶対に離すんじゃねぇぞこの野郎！

そんなふうにして海辺デートを堪能したふたりが別荘へ戻ったのは、すっかり日が暮れてからだった。


「なあ……どうしても行くのか」

「当然だ。それがここに来た目的なんだからな！」

草木も眠る丑三《うしみ》つ時《どき》。

雪道と仙光寺は、恋人岬へと続く道を歩いていた。

都心と違い、驚くほどに明るい月が足元を照らしてくれる。

「しまった。見ろ、雪道。店が開いているうちに買っておけばよかったな」

仙光寺が示したほうに目をやって、雪道はぎょっとする。

それは専用のポールにぎっしりと吊るされた、ハート型の絵馬だった。

それぞれ絵馬にはカップルたちが、変わらぬ愛を誓った言葉が書かれている。

「いやこれ、どう見ても書いてるのは中高生とかそんなんだろ」

「恋愛に年齢は関係ないと言っただろう」

「百歩譲《ゆず》って年齢は関係なくても、お前は男で俺も男で、ついでにお前は社長で、俺はチンピラだから」

「性別も職業も関係ない。恋するものにとって、すべては意味をなさない些細なことだ」

些細ではないだろうと思うのだが、仙光寺は断言して雪道の手を取った。

「ともかく、目的を果たしに行くぞ。絵馬はまた次回だ」

次回はねぇって、と情けない声をあげる雪道の手を握り、仙光寺はずんずんと恋人岬へと向かって進む。

足場の悪い道をしばらく歩くと、ふいに視界が開け、木々の生い茂るこちらから岬に続いているらしい、数百メートルはありそうな長い階段が現れた。

青白い月の光の下、しっかりと手を握り合って階段を上り下りする野郎のふたり組は、端《はた》から見たら相当に異様だろう。

「結構……階段、急できついな」

「そうか？　どうせお前は運動不足なんだろう。俺はこの程度、鍛えているからどうということもない」

「はいはい、お前はなにをやってもすごいですよ」

確かにぜえはあと息を切らしている雪道と違い、仙光寺は平然としていた。

階段は岬まで、山道に沿うようにして設置されている。

しっかりと繋いだ手で雪道を引っ張るようにしてフォローしながら、仙光寺は進んでいった。

時折雪道は握り合った手の感触に意識を向け、その嬉しさを心の中で噛み締める。

今であればどんなに顔が赤くなってもわからないし、人の目も気にしなくていい。

無謀《むぼう》かとも思ったが、やはり深夜に来てよかったと実感する。

ようやく鐘の設置されている展望台までたどり着くと、雪道はハアハア言いながら、そこから見える光景に目を凝らした。

本当ならば素晴らしい眺望が広がっているのだろうが、なにしろ深夜だ。

周囲に広がる森も海も、恐ろしいほど黒々としている。

空と海の堺もまったくわからないが、この時間でも沖で操業しているらしき漁船の明かりが水面を照らし、そこが確かに海なのだと教えていた。

「おい、雪道、見ろ」

黒い海を眺めていた雪道に、仙光寺は上を指差す。

「……おお。すげぇな！」

上空には、降るような満点の星空があった。

「な、なあ。あのもやもやした筋、なんだ？　雲か？」

夜空に流れる靄《もや》の正体が気になって言うと、仙光寺は視線の先を追う。

「おそらくだが。天の川《あまがわ》だろうな」

えっ、と雪道は目を見開いた。

「天の川って肉眼で見えるもんなのかよ？」

「空気が澄んで、周囲に電気の明かりがなければ見えるだろう」

「そうなのか？　俺、おとぎ話みたいなもんだと思ってた……！」

心底驚いて、雪道の目は白い帯に釘づけになった。

生まれ育ったのは郊外だが、それでもここまで星が綺麗に見えるほど、空気は澄んでいなかった。

そんなことを考えていた雪道の胸に、ふっと暗い陰が差す。

星、という単語に自分の職場での隠語を思い出したのだ。

「……どうした、雪道。はしゃいでいたと思ったら、急におとなしくなったな」

「あ……いや。なんでもない」

深夜の恋人岬に、誰よりも恋い焦《こ》がれた相手と一緒にいて、手を繋いで星を見ている。

そんな非日常的なシチュエーションに舞い上がっていた雪道は、現実に引き戻されたように感じていた。

「ちょっと、夜の海って怖いなと思ってさ。水平線もなんにもわかんなくて、真っ黒で飲み込まれそうだ」

雪道はゆっくりと握っていた手を離し、展望台の柵のところまで歩いていく。

そうして柵に肘《ひじ》をついて、見えるはずの黒い海に目を凝らすと、なんとなく高校の屋上で街を見回していた当時の記憶が頭に浮かんだ。

隣に来て同じように柵に手をかけた仙光寺に、雪道は言う。

「……なあ。お前この前、高校の頃から俺を、その。……好きだったたって言ってたろ」

「ああ。ずっと好きだった」

雪道は一度ためらって下を向いてから、思い切って顔を上げた。

「じゃあ聞くけど。いったい、俺のどこが好きになったんだ？　お前のことだから、いくらでも言い寄ってくる相手がいただろ」

いくら自分で考えてもわからなかったことを尋ねた雪道だったが、たちまち聞かなければよかったと後悔していた。

「でっ、でも、別に。特に理由がないなら無理に答える必要はないからな」

どんな答えが返ってくるのか不安になり、早口に言って雪道は身構える。

対照的に仙光寺は、落ち着いた、穏やかな声音でゆっくりと言った。

「好きになった理由か。そうだな。一生懸命悪ぶっているところがいたいけで、庇護欲《ひごよく》をそそられた」

「イタイケ？」

「ああ。針のないハリネズミのようで、俺が針になりたいと思った。ハリネズミというのは、間近で見るととても可愛らしいのを知っているか？」

「……ハリネズミを間近で見る機会ねぇし」

「では亀ならどうだ。甲羅《こうら》のない亀を想像すると、ひどく不安になるだろう。つまりお前がそれだ」

「甲羅のない亀なんて、不安っていうより不気味で気持ち悪いとしか思えねぇよ」

雪道は混乱してきて、ううんと頭を振る。

「なんかもう少し、具体的に話してくれねぇかな」

「わかりづらかったか？　そうだな。具体的にはいろいろあるが、一番は、お前の目だ」

「は？　目？　形が好みってことか？」

腑に落ちない雪道に、仙光寺は続ける。

「そうじゃない。お前はなんというか、いつも……」

一度言葉を切った仙光寺が次になにを言うか、雪道は息を呑んで耳を澄ませた。

「死んだ魚みたいな目をしていた」

「なっ……！」

これはあんまりというものだ。息を殺して答えを待っていた雪道は、柵から崖下に落ちそうになる。

「なんだそれ、バカにしてんのか！」

「違う。最後まで聞け。お前は……せっかく綺麗な顔をしているのに、常にやる気がなさそうで、人に背を向けていた。まるでわざと嫌われ者になろうとしているかのような、そんなお前が気になって、俺はあえてお前がいつもさぼっている場所で待っていたんだ」

え、と雪道は目を見開く。

「あの日、お前が屋上でさぼってたのって、偶然じゃなかったのかよ？」

「ああ。わかっていて、待っていた。なんだか妙に気にかかるお前と、ゆっくり話をしてみたかったからな」

初めて知る事実に、雪道は驚きを隠せない。

「それで……話して、どうだったんだよ？」

そこからだ、と仙光寺は言った。

「あの死んだ魚みたいな目をしてたお前が、俺にだけは違った」

どういうことだかわからず、雪道は月明かりに浮かぶ仙光寺の横顔を見る。

「雪道。自覚はないんだろうが、俺といるときだけお前は溌剌《はつらつ》として、生き生きしていた。琥珀《こはく》のように瞳がきらめいて、とろけるような笑顔を見せて……それがどうしようもなく、俺には嬉しかったんだ。ずっと俺の傍で笑っていて欲しいと、そう思った」

「そ……そんなの、思い違いだろ。別に……俺は……」

「こちらの一方的な己惚《うぬぼ》れで勘違いだったとしても、俺はそう感じたんだ」

一方的ではない。確かに雪道には、自覚があった。

仙光寺といるときだけが楽しかったし、この世界に自分の居場所をようやく見つけたとも感じていた。

「だが後日、本当に勘違いだったのかもしれない、と俺は思うようになった。……覚えているか、雪道。あの雨の日を」

成り行きで、互いに手で抜き合ったときのことだ。当然覚えているが、雪道はあえてなにも言わなかった。

答えを待たずに、仙光寺は告白する。

「お前にとっては、些細な子供の悪戯だったのかもしれない。実際、翌日にはお前はケロッとして、バラエティ番組の話を夢中でしていたからな。しかし俺はあのとき、お前と触れ合ったことを、ずっと忘れられなかった」

それは雪道にしても、まったく同じことだった。

夢中でテレビのことを話してなかったことのように振る舞ったのは、それまでの関係が崩れてしまいそうで怖かったからだ。

黙って聞いていた雪道は、さすがに腹をくくるべきだと感じた。

いつか捨てられても裏切られたとしても、はるばるこんなところまで連れて来てくれた仙光寺の想いに、こちらも応《こた》えるべきだろう。

びくびくと怯んでばかりでは、手に入るはずのものも失ってしまう。

「……わかった、仙光寺。お前の言葉、俺は信じる」

「やっと信じてくれたか？」

ホッとしたような仙光寺の声に、雪道は苦笑する。

「まあな。仕方ないだろ、俺もこんな商売やって荒んでるんだ。簡単に人を信じるようになったら、命がいくつあっても足りねぇ」

ただし！　と雪道は声を大きくして釘を刺した。

「だからって、ベッドの中で対等じゃないってことには、まだ不満がある。それとこれとは話が別だ」

「ああ。そこは保留でもかまわない。ともかく、俺とつき合うということは確定でいいんだな？」

「そっ……そういう、ことだ」

照れながら了承した雪道の肩が、ガッと勢いよく抱かれた。

「よし！　じゃあさっそくやるぞ」

「は？　やるって、なにを」

慌てる雪道の肩を抱いたまま押すように誘導して、仙光寺は歩き出す。

「なにって、ここまで来たら決まっているだろう。誓いの鐘を鳴らす！」

「えっ。待て、夜中だぞ」

「心配するな、ここから一番近いホテルまで数百メートルはある」

そう言って仙光寺は、展望台の一番先にある、鐘の設置された場所に向かった。

そこには白い柱の上に洋風の、人の頭ほどの大きさの鐘が吊るされている。

鐘から下がっている紐を、ガシッと仙光寺は嬉しそうにつかんだ。

「いいか雪道。一回目の鐘の音には、心を清める意味があるらしい。心して聴け」

「ああん？　俺はヤクザだぞ！　こんなもんで清められるなら、世の中に極道は存在しねぇってんだ！」

「我儘《わがまま》を言わずに清められろ」

仙光寺が言うや否や、カーン！　というびっくりするほど大きな音が響き渡った。

「うわ！　これ絶対に遠い場所まで聞こえてるだろ！」

想像以上の音量に怯む雪道とは対照的に、仙光寺は満足そうにうなずく。

「二度目の鐘は、互いの心を呼ぶらしい。つまり心の中で相手の名前を呼び、想いを告げるということだと俺は思う。しっかり呼べよ、雪道」

「ちょっ、待……」

カ――ン！

「なっ、なあ、もう少し控えめに」

「おい、ちゃんと俺のことを心の中で考えろ。でないと最初からやり直しだぞ」

「……わかった、考えるから最初からは勘弁してくれ」

「よし。……考えたか？　三回目は、ふたりの幸せを願うんだ」

カ――ン……！

最初からやり直されてはたまらないので、雪道はおとなしく従った。

ここまできたらやってやる、と目を閉じて、言われたとおりに互いの幸せを祈る。

——幸せっていってもな。こいつが……仙光寺が元気で長生きしてくれればそれでいい。そうだ、それと……俺のせいでこいつが不幸になったりしねぇように。

そう願い終えて目を開けると、ごく近距離に仙光寺の目があった。

どうした、と問う間もなく、唇が重ねられる。

背中に腕が回されて、厚い胸板にしっかりと抱き締められた。

何度か角度を変えてくちづけてから、仙光寺は身を離す。

「雪道。俺は今が真昼でも、衆人環視《しゅうじんかんし》の中でも、本当に同じことができる」

顔が火照っているのを感じながら、雪道はあえてむっつりと言う。

「できるって、まったく……お前には、羞恥心てのはないのかよ」

「もちろん、照れくさい気持ちもある。しかしお前に信じてもらうためなら、いくらでもするということだ」

真正面から向き合った仙光寺は、雪道の両手を取る。

「改めて言うぞ、雪道。俺は本気でお前が好きだ。これからの人生、できうる限り傍にいて欲しい」

雪道は仙光寺に握られている、自分の手を見た。

喧嘩相手を殴り、酔客の襟をつかみ、イカサマ賭博に加担していたその手が、かすかに震えるのを感じる。

「……仙光寺。わかった。お前に、ヤクザの恋人を持つ覚悟があるなら俺は。どんなことをしてでも、お前を幸せにしてみせる」

照れ屋の雪道としては精一杯の告白だったのだが、仙光寺は首を横に振る。

「いや、心配するな。俺がお前を幸せにしてやる」

ああ？　と雪道は眉を寄せた。

「待て待て、そこは譲れない。俺がお前を守ってやる」

「駄目だ、守られるのは性《しょう》に合わない」

きっぱりと拒否されて、雪道は繋いでいた手を振り払う。

「駄目ってなんだ！　合わなかろうがなんだろうが、俺が守るって言ってんだ！　おとなしく守られろ！」

俺が、いやこっちが、と言い合いをするうちに、あっ！　と仙光寺が叫んだ。

「なっ、なんだよ急に。びっくりするだろうが」

「こんな時間でなければ、恋人宣言証明書の発行をしてもらう予定だったんだが。失敗したな、やはり朝もう一回来るか」

「お前、照れくさいとか絶対嘘だろ！　俺に信じてもらうためとか言っといて、単に乙女趣味なだけじゃないのか？」

恋人たちの銅像の前でさんざんにじゃれ合ってから、ふたりは再び階段を戻っていく。

どちらからともなく手を繋ぎ、くだらないことを言って笑いながら夜道を歩いた。

雪道は途中、ちらりと展望台の鐘と銅像を振り返る。

もうここからは暗くて見えないが、確かにあるはずのそれらに向かって、どうかこのまま時間が止まってくれますように、と雪道は胸に痛みを感じながら祈ったのだった。


「っあ……はあっ、ああっ」

別荘に戻った雪道はシャワーを浴び、なんとなく人恋しさを感じて仙光寺の部屋のドアをノックした。

同じくシャワーを浴び終えていた仙光寺は雪道を歓迎し、そのままベッドへとなだれ込んで今にいたる。

仙光寺は当然のことのように雪道を組み敷いたが、今夜ばかりは雪道は抵抗しなかった。

抱かれることを、決してよしとしたわけではない。

だが、仙光寺の肌に触れたい欲望に負けてしまった。

本気だという気持ちをぶつけてくれたことが嬉しくて、とりあえず今夜だけは妥協してやろうと思う。

珍しくあまり抵抗しない雪道に気をよくしてか、仙光寺はいつにもまして存分にその身体を味わっているかのようだった。

仰向けになった雪道の足の間に身体を入れてのしかかり、痩せた胸にもう十分以上も顔を埋めている。

「もうっ、も、そこばっかり、やめ……っ」

濡れた熱い舌が、胸の突起を押すようにして刺激してくる。

以前であれば触れてもなんでもなかったそこは、仙光寺に開発されてすっかり敏感になってしまっていた。

「う、う……っ、つっ」

きつく吸われて痛みを訴えると、すぐに優しく舌が絡みついてくる。何度もそれを繰り返すうちに、固くしこった突起はぷっくりと膨らみ、赤く色づいていた。

「や……あっ、も……」

反対側の突起は指先できつくつままれた後、羽毛が触れるようにそっと指の先で撫でられる。

「はあっ、あっ、あ」

男なのに胸で感じてしまうのが恥ずかしくてたまらなかったが、強い刺激と繊細な愛撫に、雪道は背を反らせて喘いでしまっていた。

「っあ！」

乳首を弄られる羞恥と快感に翻弄されていた雪道は、足の間に固いものが触れるのを感じてビクッとする。

カチカチに勃ち上がってしまっている雪道のものに、同様に熱を帯びた仙光寺が自身を押し当ててきたのだ。

「あう……あ、は……っ」

我知らず雪道は、自ら腰を揺らしてしまっていた。

胸への愛撫は甘い疼きを絶えず与えるが、達するには足りない。

「せ……こぉ、じ……っ、や、ああ」

必死にシーツをつかみ、顎を上げ、両足をはしたなく大きく開いて、雪道はやるせなさに身悶えた。

と、仙光寺が突起から唇を離し、かすかに笑いを含んだ声で囁く。

「これでは足りないか？　……どうして欲しい、雪道」

黒々とした瞳と目が合った瞬間、雪道は自身がさらに硬度を持つのを感じる。

仙光寺は答えをうながすかのように腰を揺らし、互いの先走りでぬるついたものをさらに擦り合わせてきた。

「んっ、あ……！　は、早く」

「早く、なんだ？」

言いながらも仙光寺の器用な指は、胸の突起を弄ったままだ。ぴりぴりとした痛みと、痺《しび》れるような快感に、雪道は切なげに眉を寄せる。

「んなこと、言わせ……ああ、んっ」

つ、と仙光寺のもう片方の手が自身に触れてきたとき、雪道はとうとう観念した。

「仕方……ねぇ、からっ。っあ……お前が本気だって、わかったから。だから……こっ、今夜は特別だからなっ！」

「ああ。なんでもいい。……可愛いな、雪道。今日はいつにもまして、感度がいい」

「なっ、ことっ……ああっ、も、いっ、挿《い》れて……っ！　早く」

涙交じりに言うと、仙光寺の指はすっと後ろに滑らされる。

「ひ、ううっ！」

互いの体液で濡れた長い指が、きつく窄《すぼ》まった部分に潜《もぐ》り込んでいく。

「ん……っ、う、ふ……っ」

腹の上で揺れている自身から先走りが溢れ出し、つうっと零れていくのを感じた。

その様子を、じっと仙光寺が見ていることに気が付いて、雪道は恥ずかしさのあまり腰を引こうとした。

「み、見るな……っ、あっ！」

引いた腰を追うように、さらに指が深く入ってくる。

「すごいぞ雪道、お前の中……ひくひくして、飲み込もうと蠢いている」

感嘆するような声で仙光寺は言う。事実、雪道も自分の体内が、快感を求めて疼いているのを嫌というほどわかっていた。

「っあ、はあっ、も、もう、俺、おかしくなる、から。だから、早く」

勃ち上がった自身はゆらゆらと揺れ、時折仙光寺の引き締まった腹部にこすられて震え、ひっきりなしに透明な滴が下腹部に伝い落ちていた。

「い、挿れて……っ、仙光寺……っ」

唇の端から、唾液が零れる。仙光寺の指が、いやらしいなとそれを拭った。

「なあ、雪道。頼みがあるんだが」

「う……っ、そこ、やっ……あ」

「そろそろ苗字でなく、名前で呼んでくれないか」

「え……？　っあ、あっ、ああ！」

仙光寺が前に身体を倒してきた拍子に、敏感な部分をぐうっと指で強く突かれて、ひっ、と雪道の咽喉が鳴る。

改めて雪道の身体を抱え直しながら、仙光寺は雪道の耳朶《みみたぶ》に、くちづけるようにして囁いた。

「慶一郎、は長いな。慶《けい》、でいい」

いつもであれば、照れてなかなか口にできない雪道だが、今は違う。濡れた唇で、雪道は名前を呼んだ。

「慶……慶っ、欲しい、お前が」

その途端、求めていたものが押し当てられ、そして。

「――うぁ、あああ！」

挿入前に愛撫だけで何度もいかされた身体は、熱したチーズのように柔らかくとろけそうになっていた。

一気に根元まで挿入した仙光寺は、埋め込まれた衝撃で達してしまった雪道の身体を、容赦なく貪り始める。

「い、いった、から……っ、待っ……ああああ！」

ぬうっ、ぬうっ、とガチガチに張りつめたものが、雪道の内壁を深々と貫き、引き抜かれてはまた埋め込まれる。

「あああ！　やっ、やめ……そんな、っあ、あああっ、苦し……っ！」

激しすぎる快感にむせび泣く雪道に、仙光寺は低く甘い声で言う。

「実に素敵な響きだった。もう一度呼んでくれないか、雪道」

「あっ、あ、はぁっ」

激しく突き上げられて朦朧としている雪道の唾液で濡れた唇が、仙光寺に操られるように開いてわななく。

「け……慶。慶っ、あっ、ああ、いい……っ！」

「雪道……！」

仙光寺が雪道の身体を、力強い腕でしっかりと抱き締めてくる。

延々と下腹部から湧き上がってくる快感は恐ろしいほどで、助けを求めるように雪道は仙光寺の背に両手を回す。

「やぁ、あっ、……ま、また、いっちゃ……う、ああっ」

互いの身体が大きく跳ね、痙攣し、そして上りつめた高所から一気に飛び降りるように、そろってがくりと脱力した。


翌日の正午過ぎ。帰宅の車の中で、雪道は周囲の風景が馴染みのあるものになってきたと気が付いた。

帰ってきたのだと思うと、夢の終わりを迎えたようで、一抹《いちまつ》の寂しさが胸をよぎる。

そんな雪道に、仙光寺は思いがけないことを言った。

「確かお前、来月が誕生日だったな」

「覚えてたのか？」

びっくりする雪道に、仙光寺は悪戯っぽい目をして笑う。

「もちろんだ。祝ってやるから、俺の部屋に来い」

「お前んち？　……お前スケベだからなあ。泊まりだと身が持たねぇよ。やらせてくれるなら行く」

「どっちがスケベだ。俺はただ、お前が大好きだから犯したいだけだ」

「そっ、そんなの、俺だって大好きだぞ！」

うっかりつられて言ってから恥ずかしくなり、雪道は慌てた。

「つまり、俺たちは対等だってことだ！　まだ俺が下だと決まったわけじゃない」

「ああ、わかっている。ともかくうちへ来るということでいいな？」

本音を言えば、仙光寺が誕生日を祝ってくれるなら、地の果てまで行ってもいい。

雪道はうなずいて、約束を了承した。


『南戸！　ヤバイ、急いで来てくれ』

仙光寺に送ってもらったその日の夜、いつもの事務所で内線電話に出た雪道は、慌てながらも小声で話す店長の声に、ただならぬ事態を感じ取っていた。

「落ち着いてください、松木さん。なんすか、喧嘩っすか？」

『喧嘩というか、長谷川さんなんだが』

雪道の脳裏に、脂《あぶら》ぎってにやついた不快な顔が浮かぶ。

「ああ……。どうしようもねぇな、あの人は。また酔って客に絡んでるとかですか」

『ち、違うんだ……八重垣がつまらねぇこと言っちまって』

「八重垣？　あいつがなんかやらかしたんすか？」

ともかく来てくれ、と店長が言い終える前に受話器を置き、雪道は事務所を飛び出してホールへ向かう。

長谷川が誰と揉めようが、面倒くさい程度にしか思わないが、可愛い弟分が巻き込まれているとあっては話は別だ。

厨房からホールのカウンターに入ると、店長が急いで雪道の腕を引っ張った。

「長谷川さんが、バイトの女の子に絡んだんだ。で、八重垣のアホがいいとこ見せようとしたのか、やめろなんて言っちまってな」

ことの顛末《てんまつ》を簡単に説明しながら、店長は裏口へと向かう。

と、廊下に出たところで絡まれたと思わしき女の子が、ドアの傍で真っ青な顔に涙を浮かべて立っていた。

「あっ、マネージャー！　長谷川をなんとかしてください！　あいつが悪いのに、八重垣くんに逆切れして絶対許せない！」

涙で化粧の崩れたひどい顔で抗議する女の子に、雪道は言う。

「落ち着け。いいか、軽々しく長谷川さんを悪く言うな。お節介を焼いた八重垣も悪いんだ。このことは忘れて、ホールに戻れ」

ヤクザの幹部を怒らせれば、間違いなくろくなことにならない。

そう考えての忠告だったが、気の強い女の子はさらに言い募る。

「お節介？　店長がなんて言ったか知らないけど、そんなんじゃないですよ！　長谷川はべろんべろんに酔っ払っててホールであたしをひっぱたいて服を破って、それでその場でやろうとして……あたしは怖くて泣き喚いてたのに、止めてくれたのは八重垣くんだけだったんだから！」

「……なんだと？」

女の子を落ち着かせようとしていた雪道だったが、あまりのことに血相を変えた。

冷静に、と宥《なだ》めようとする店長の腕を振り払い、裏口のドアを勢いよく開く。

その途端、長谷川のダミ声が響いた。

「立て、コラァ！　誰が寝ていいと言った、このガキが！」

「長谷川さん！　なにやってんすか！」

細い路地に鼻と口から血を流して転がっている八重垣の頭を、今まさに爪先の細い靴で蹴り飛ばそうとしていた長谷川を、雪道は必死に羽交《はが》い締《じ》めにした。

「なにだとぉ？　……おお、ユキちゃんか。お前もなぁ、こういうガキを、ちゃんと躾《しつ》けねぇと駄目だろうがぁ！」

かなり酔っているらしく、辺りには長谷川が放つ酒の匂いがぷんぷんと漂っている。

「はい。申し訳ありません！」

「本気で悪いと思ってんのかぁ？　だったらこの手、さっさと離せや」

内心、ぶん殴ってやりたい衝動をどうにか堪《こら》え、雪道は羽交い締めにしていた身体から手を離す。

と、長谷川はぺちぺちと、雪道の頬を軽く叩いた。

「よしよしぃ。よくできました。みんながユキちゃんみたいに素直ないい子なら、俺もこんなに苦労しねぇんだけどな」

「長谷川さん。もうわかりましたから、なんとかこれで矛《ほこ》を収めてください。中で飲み直しましょう。バランタインの年代物が入ってるんですよ」

実際には、雪道は頭の血管がちぎれそうなほどに激怒していた。

けれど、なんとかここは穏便《おんびん》に済ませたい。　相手は通りすがりの酔っ払いではなく、一応は雪道と八重垣にとって、かなり上位にいる幹部なのだ。

長谷川がいくら愚かとはいえ、酔いが醒めればやりすぎたと多少は反省するかもしれない。

であればおそらくこれ以上は、八重垣に制裁が加えられることはないだろう。

被害を最小限にとどめるために、なんとかこの場は腰を低くしてやりすごしたいと雪道は考えていた。

怒りをあらわにして、今これ以上ことをこじらせると、後々八重垣の身がどうなるか心配だ。

「すぐに新しいテーブルを用意しますから。どうか、中に」

八重垣から長谷川を遠ざけようとする雪道に、長谷川はどろりと濁った目を向ける。

「おお、いいな。じゃあそうするか」

うなずいた長谷川にホッとした雪道だったが、話はそこで終わらなかった。

長谷川は雪道の肩にもたれかかるようにして、ぐったりして動かない八重垣を指差す。

「だがその前に、ガキの始末はつけなきゃならねぇだろ？　なぁ？」

「もう充分ですよ、長谷川さん。これ以上大事になると厄介ですし」

「なぁにが大事だ。こんなガキのひとりやふたり、俺を誰だと思ってる。……なんだぁ、
雪道、ちょっと目ぇかけてやってるからって、お前も調子に乗ってんじゃねぇだろう

な？」

「とんでもない。ただ俺は、長谷川さんが手を汚すほどのことじゃないだろうと」

「ああ？　……だったら、てめぇがやれや」

え、と雪道は、長谷川の土偶のように表情のない顔を見る。

「お前がやれ、雪道。このガキが二度と生意気な口をきけねぇように、喉でも肺でも潰しとけ。俺が見届ける」

「いや。それは」

鼻からも口からも血を流して朦朧としながら、すがるようにこちらを見ている八重垣と、雪道の目が合った。

「……勘弁してください、長谷川さん。こいつはまだ、ガキですし」

「なんだってそのガキごときを庇《かば》うんだ、お前は。ああ？　幹部の俺よりそいつを選ぶってのか？」

「そんなわけないじゃないですか」

雪道は必死に笑った顔を作る。その髪を、ガッと長谷川がつかんだ。

「つけあがってんじゃねぇぞ、コラ。さっさとこのガキ、始末しろや。それともあれか？　このガキとできてんのか？」

「長谷川さん、頼みます」

「だったら雪道……俺にケツ貸せ。気が向いたときに掘らせろ。それで収めてやる」

酒臭い息と共に耳元で言われ、雪道の頭の中は真っ白になる。

長谷川の視線にねばりつくようなものを感じてから、いつかこんな日が来るような気はしていた。

好き勝手をしているようでいて、上の言いなりになるしかない世界で、自分は生きている。どんな理不尽な命令も受け入れるしかなく、逃げることもままならない。

生きている場所の現実に立ち竦む雪道の耳に、かすかな呻き声が聞こえた。

「……兄貴……すみま、せん。ごめ……なさい」

その瞬間、雪道は叫んでいた。

「うるせぇ！　なんだってお前が謝らなきゃならねぇんだ！」

雪道は絡みついてくる長谷川を突き放すように、ふらついている両肩に手をかけた。

「クズは、こっちだろうが！」

そうして一気に身体を引き寄せ、分厚い長谷川の鳩尾《みぞおち》に、思い切り右膝をめり込ませる。

「げふっ！」

突然、なにが起こったのかわからず目を剝いて前のめりになった横っ面に、間髪《かんはつ》容《い》れずに右フックを叩き込んだ。

がっ！　と長谷川は斜めに歪んだ顔が、空中に鼻血で放物線を描き、どさりと地面に崩れ落ちる。

そうしてシンと、静かになった。

「み……南戸。お前、なんてことすんだ。ただじゃ済まないぞ、これは」

真っ青な顔をしている店長に、雪道は大きく溜め息をつく。

「あー。だろうな。もういいや、面倒くせぇ」

吐き捨てて、八重垣を抱え起こす。

「ハハ。お前、顔ボコボコ」

笑って言うと、八重垣の腫れ上がった目から、ぼろぼろと涙が零れた。

「すみま、せん。お、俺のせいで。兄貴を巻き添えにして、す、すみません、本当に」

「泣くなよ、鼻水が俺の服につくだろ。……ほら、立てるか。病院行くぞ」

店長は強張った顔でこちらを見てはいたが、手を出してくる気配はない。

なんとか通りまで出てタクシーを拾うと、雪道は八重垣を連れて総合病院へと向かう。

そこから先のことは、まだなにも考えていなかった。

ただ、このまま逃げ切れるわけがないということだけは、理解していた。

『仕事中に悪いな。明日少し時間がとれたんだ。昼飯を一緒にどうかと思うんだが、お前の都合はどうだ？』

「……仙光寺」

声を聞いた瞬間、雪道は張りつめて冷え切っていた頭も身体も一気に弛緩《しかん》し、温かいもので満たされていくのを感じる。

電話がかかってきたのは治療を終えた八重垣と一緒に、最寄り駅で電車を待っているときだった。

幸い、八重垣の怪我は打撲がメインで見た目ほどはひどくなく、骨や内臓などは傷ついていなかったし、足もなんとか歩ける状態だった。

タクシーでないのは、これから逃避行をしなくてはならないことを考えると、なるべく金を使いたくなかったからだ。

どこまで、いつまで逃げていればいいのかもわからない。

できれば海外にでも高飛びしたかったが、パスポートを取得していなかった。酔ったり喧嘩したりが多く、失くしてしまうことがあるため、他にも貴重品の類は身につけていない。

雪道には、八重垣とふたりして身を寄せるにあたり、一か所だけ匿《かくま》ってもらえそうな心当たりがあった。

かつて賭場でボロ負けして、生命保険にでも入るしかないところまで追い詰められていた男を、裏口から逃がしてやったことがある。

雪道がそんな気まぐれを起こした理由は、単にその男がかつての仙光寺と同じナナハンに乗っていたからなのだが、なかなかに義理堅いところがある男だった。

後から密かに礼をしてきて、困ったことがあったらいつでも訪ねてくれと、自分の経営する飲食店の名刺を雪道に渡したのだ。

男の名前も店の住所も覚えていないが、確か自宅のどこかに名刺があるはずだから、なんとしてでも一度自宅に戻りたい。

いずれにしても仙光寺とは、しばらく会うこともなくなるだろう。

そう悟った瞬間、心臓を鉄の爪でつかまれるような苦しさを感じたが、雪道は懸命に、いつもどおりを装った。

「悪い。多分、無理だ」

言った直後、反対側のホームに電車が来るとアナウンスが入る。

『なんだ、駅にいるのか？　今どこだ』

「どこって……か、関係ねぇだろ。いつもの……いつも使う駅にいるだけだ」

どう答えるべきかと迷っていると、ふいに八重垣が激しく咳き込んだ。

「おい、大丈夫かよ。水かなんか飲むか？」

「す、すみません。口の中切れてるんで、血がまだ」

『おい、雪道。他に誰かいるのか』

「あ？　いや、通りすがりに転んだ年寄りを助けただけだ」

『ほう？　で、今どこの駅にいるんだと聞いているんだ』

「ええと、だから。あ、悪い、電車来たから切る」

『おい、雪道？』

仙光寺と連絡を取るのは、これで最後にするべきかもしれない、という思いが雪道の脳裏をかすめる。

極道絡みの厄介ごとには、巻き込みたくなかった。

「――慶。……好きだ」

八重垣に聞こえないよう小声で言って雪道は、急いで電話を切った。それから電源も切り、携帯をポケットにしまう。

ああ、夢から覚める時間になったんだな、と雪道は思う。

仙光寺と抱き合った夜も、恋人岬も、海辺のデートも、なんだか大昔のことのように感じられた。

しっかりしろこっちが現実なんだ、と雪道は自らに発破《はっぱ》をかける。

こちらにもたれかかって、気掛かりそうに見ている八重垣に、雪道は苦笑した。

「心配すんな、なんとかなるから」

二十分ほどして電車で自宅のある駅に到着すると、急いでキャッシュコーナーでなけなしの貯金をおろした雪道は、八重垣を駅前のケーキショップに併設されているカフェで待たせることにした。

パステルカラーの店の奥のテーブルに、肩を貸して八重垣を着席させる。

「もし長谷川の手の連中が追ってきても、まさかこんなメルヘンチックなとこにいるとは思わねぇだろ。それにこの席なら、窓からも死角になってて見えねぇ」

「兄貴、でも、大丈夫なのかよ。アパートにもし、あいつらが先回りしてたら」

心細そうに八重垣が言ったとき、背後に人の気配を感じて、雪道はギクッとする。

「ご注文はお決まりでしょうか？」

不思議そうに尋ねるウェイターに、雪道は溜め息をついた。

「あー。じゃあ……その緑の森のシュークリームふたつと、ブレンド」

「あ、兄貴俺、せっかくなら、イチゴと妖精たちのハーモニーパフェがいいっす」

適当に目についたメニューを口にした雪道に、八重垣は駄目出しをしてくる。

「ああ、わかったそれでいい」

お前なあ、と呆れた目で見ると、八重垣は腫れ上がった顔で言った。

「だって……こういうの食うのだって、最後かもしれないじゃないすか」

もし組の連中に捕まったら、消されるかもしれない。死ぬ覚悟をしているらしい八重垣に、雪道は財布を取り出しながら言う。

「急いで行ってくるから、じっくりパフェを味わって待っとけ。……それととりあえず、これ持ってろ」

雪道はおろしたばかりの万札の束を、封筒ごと八重垣の手に握らせる。

「もし一時間待っても俺が戻らなかったら、これ使ってタクシーで行けるとこまで行け。それで昔のダチか女の家にでも転がり込め。……できれば組には知られてないやつのとこがいい」

「いないっすよ、俺なんか匿ってくれるようなやつ。だから兄貴……絶対に戻ってきてください」

わかったとうなずいて、雪道は急いでアパートへ向かおうと店を出る。

喫茶店を出て駅前の広場に面した道を横切った雪道に、スッと見たことのない車が近づいてきた。

ぎりぎりまで接近してきた真っ白な国産高級車の助手席の窓が開き、雪道は心臓が止まりそうな思いをしたのだが。

「乗れ、雪道！」

「お……お前、なんで……」

顔を出したのは、仙光寺だった。

――どうしてこいつが、ここにいるんだ……！

つい先刻、二度と会えないかもしれないと思っていた相手の出現に、雪道はうろたえる。

茫然として突っ立っている雪道を後目《しりめ》に、仙光寺はさっさと車から降りてきた。

「なんでって、お前の様子がおかしかったから急いで来ただけだ。それに他の男の声がしたのに放っておけるほど、俺は寛大じゃないんでな」

「バカ、そんなんじゃねぇ！　そっ、それにお前には関係ないことだし……」

正直に話すと巻き込んでしまうに違いない。そう考えて答えあぐねる雪道に、仙光寺はずばりと言った。

「お前、なにか組の中でしでかしたんだろう。行き違いにならないよう、お前の部屋があるアパートの前を通ってきたが、怪しいのが数人うろついていたぞ」

「な……！　っ、なんでもねぇ。……内輪のことだ」

内心焦りながらも取り繕う雪道の言葉に、ふうん、と仙光寺はまったく信じていなさそうな顔で相槌《あいづち》をうつ。

「ところでさっきお前が電話で通りすがりに助けたと言っていた年寄りは、放っておいていいのか？　これからどうするつもりだ。匿ってもらうあてはあるのか。金は」

「え……どうしてお前、そんな……」

仙光寺の鋭さに、雪道は舌を巻く。

たったあれだけの電話の会話と漏れ聞こえた声から、瞬時におおまかな事態を把握されていたらしい。

さらにその先に起こりそうな事態を予見して、雪道の家の様子まで確認してきたようだ。

ともかくこうなっては、もう部屋には近づけない。

だが自分だけならばともかく、八重垣をこのままにはしておけないという思いがあった。

仙光寺を関わらせたくなかったが、背に腹は代えられない。

――もし仙光寺に迷惑がかかったら……そのときは俺が組に戻ってケリをつける。せめて八重垣だけは逃がしてやりたい。まだろくに楽しいことも知らねぇガキじゃねぇか。

雪道は腹を決めた。

「……お前に頼みがあるんだ、仙光寺」

切羽詰まった声で言っても、やはり仙光寺の表情は冷静そのものだ。

「やっと言う気になったか。で、どうすればいい。その年寄りとやらを乗せるために、あえてセダンで来たんだが」

先日乗せてもらった仙光寺の愛車はふたり乗りのスポーツカーで、今目の前にある車はおそらく社用のものらしいフォードアタイプだ。

ボディガードも兼ねているのか、運転席には屈強そうな大男が座っている。

とっくに事情は察していた、というように不敵に笑う仙光寺の豪胆さに、雪道は感嘆するしかなかった。

雪道と八重垣は、仙光寺の叔父が経営しているという、近県の古い旅館に匿われた。紅葉シーズンだとかなり賑わうらしいのだが、今はガランとしてスタッフもロビーと厨房に、ほんの数人がいるだけだ。

すでに仙光寺からの報告が入っていたようで、スタッフたちはチンピラ然とした雪道とボロボロの八重垣を見ても驚かず、いたって丁重な態度で迎え入れ、道すがら買いそろえたふたり分の着替えや下着などの荷物を運んでくれる。

夕飯を終えると八重垣はやっと落ち着いた様子を見せ、貸してもらった一室に布団を敷いて休ませた。

雪道も別に部屋を用意してもらい、風呂の後、旅館の浴衣《ゆかた》を貸してもらう。

「なんだか温泉旅行に来たみたいだな。シーズンオフには湖での釣り客しかいないんだが、時代がかってなかなかいい旅館だろう。もっと早くにお前と来ればよかった」

言いながら、縁側にしつらえられた三点セットの籐椅子《とういす》に腰を下ろす仙光寺に、反対側の椅子に座っている雪道は溜め息をつく。

「……呑気《のんき》だな、お前は。……いや、気を遣ってなんでもないことみたいに言ってくれてるのかもしれねぇけど」

「気など遣っていないから気にするな。お前に頼ってもらって嬉しいとしか思っていない」

しかし、と仙光寺は付け加えた。

「あの八重垣という青年のことだが。お前がこんなに面倒見がよかったとは、正直意外だ。可愛がっていた後輩なのか？」

「まあな。……あいつ、施設育ちで親がいないんだ。自分の居場所を、あんな場所にしか見つけられねぇってのが、なんか不憫《ふびん》で」

「そうか。しかしこの状況を考えると、親がいないというのは都合がいい。実家にまで追跡が及ぶこともあるだろうから。……お前の実家は大丈夫なのか」

触れられたくないところだったが、匿ってくれている相手に嘘はつけない。雪道は渋い顔をして言う。

「ああ。不審者がいるとかストーカーがいるとか、適当にでっちあげて警察に頼んで自宅付近をパトロールしてもらうよう、すごい久し振りに弟の春道に連絡した。でないと、俺の同業者が遊びに行っちまうから、とな」

「それで納得してくれたのか」

まあな、と雪道は重い溜め息を吐く。

「親に警察関係の知人がいるらしくて、そっちに相談すると言ってた。その結論を出す前に、受話器の向こうでキーキー喚いてる母親の声が聞こえたけどな。春道が心配だから伝えないわけにはいかなかった」

お疲れさま、と労《いたわ》るように仙光寺が缶ビールを手渡してきて、雪道はプルトップを引く。

「何年も会ってない家族まで、迷惑をこうむる。そういう厄介な相手だから、できればお前に関わって欲しくねぇ。……本音を言えば八重垣のことを任せて、俺は……」

「おい。勘違いをするな」

カシッ、と同じようにプルトップを引いた仙光寺は、ぐいと一口飲んでからこちらを黒々とした瞳で、ジロリと見る。

「俺にボランティア精神を求めるなら筋違いだぞ。なにが楽しくて、赤の他人の男を引き受けなければならないんだ」

「え。でも」

「俺の価値観ははっきりしている。お前のためならどんなことでもするが、あの男はあくまでもオマケでしかない。だから、雪道」

初めて見るような厳しい目を、仙光寺はこちらに向ける。

「お前が勝手にひとりでケリをつけようと戻ったりしたら、あの男はノシをつけて組に送り届けると思え。お前が俺の保護下にいる、ということがあの男を匿う条件と思ってくれていい」

「……仙光寺……」

密かに、自分だけでことの始末をつけられたら、と考えていた雪道に仙光寺は釘を刺してきた。

もう心のうちを隠しているのは無駄だと、雪道は悟る。

「でも俺は、できるだけお前を巻き込みたくないんだ……」

素直に言うと仙光寺の目の厳しさが、ふっと緩んだ。

「もう巻き込まれているし、それにもしお前が罪悪感を覚えているなら、いい解決方法があるぞ」

「？　なんだ、それ」

そんなものがあるなら教えてくれと切実に思う雪道に、簡単だと仙光寺は立ち上がった。

「俺はしばらく仕事で忙しくなる。その前に、ゆっくり抱かせてくれ」

さあ、と手を差し伸べる仙光寺に、雪道は笑っていいのか怒っていいのかわからなくなる。

「こんなときだってのにお前、どんだけスケベなんだよ」

言って仙光寺の手を取ると、引っ張られて立ち上がらされた。

「スケベとはひどいな。お前を抱くということには、それだけの価値があると言っているんだ」

どれだけ男前なんだと歯噛みしつつ、雪道は言い返す。

「一回くらい俺に抱かれてみたら、それはそれでかなりの価値があるって思うかもしれねぇぞ？」

「可能性は否定しないが、低いと予想する。不確実なものより、確実な報酬が欲しい」

貰えるかな？　と顎に手をかけられて、雪道は照れて目を逸らす。

「お前なあ……歯が浮くようなこと言うなよ……」

しっとりとした弾力のある唇に唇が塞がれて、雪道は目を閉じる。

ゆっくりと畳に押し倒されて浴衣を器用に脱がされた後、この夜雪道は不覚にも、八垣に聞こえるのではないかという恐れさえ忘れるほどに、甘い声を出し続けてしまったのだった。

◇◇◇

雪道を匿った旅館から戻ってきた、翌日の朝。

「なあ、大西《おおにし》。雪道は可愛らしいだろう」

取締役室で書類の束に目を通しながら仙光寺は、茶を淹《い》れてきてくれたボディガード兼秘書の大西に誇らし気に言う。

大西はすぐには返事をせず、なんとも難しい顔をして突っ立っていた。

「可愛らしい、ですか？　……確かに、目鼻立ちはそれなりに整った青年だと思いますが、女性的な雰囲気はない方とお見受けしましたが」

ふん、と仙光寺は鼻を鳴らす。

「わかっていないな、お前は。あれだろう。べったりと化粧をして髪をくるくるさせて、リボンを結んでにこにこキャッキャしているのを可愛いと思うタイプだろう」

「私がですか？　必ずしもそうではないですが、そちらのほうが可愛いという印象に近いとは思います」

仙光寺はやれやれと首を振る。

「お前のようなやつは、簡単に騙されるんだ。変な女にひっかからないよう、気を付けろ」

そう言ってサラサラとペンを滑らせ、仙光寺は次の書類に手を伸ばした。

「はい。まあ私は、今さら色香に惑《まど》わされる年ではありませんが」

大西は腑に落ちないという顔で、デスクの端にお茶を置く。

「逆にお尋ねしますが、慶一郎さまは雪道さまのどういった辺りを、可愛らしいと思われたんですか」

よくぞ聞いてくれた、と仙光寺は目を輝かせ、書類を元に戻して咳払いをひとつしてから語り出す。

「まずは見た目だ！　……あの反抗的な目つきがそそるし、細い首から鎖骨にかけてのラインがエゴン・シーレの作品を思わせる脆《もろ》さと艶っぽさを兼ね備えている。危険ではかなげで、扇情的《せんじょうてき》だ。それにあの声！　掠れてナイーブで独特な響きがあるとは思わないか。バイオリンの名器、ストラディバリウスを素人《しろうと》が適当に弾いた音色のような」

仙光寺は両手を広げ、指揮者のように身体を使い歌うように語る。

だが大西は、鳩が豆鉄砲を食らったようにきょとんとしていた。

「はあ。エゴン……なんとかと名器を素人が弾いたような、ですか」

「そうだ。知らないなんて言わないだろうな」

「不勉強で申し訳ありません。なにぶん、芸術方面には疎いもので」

「まあいい。見た目よりも素晴らしいのは中身だからな。雪道は悪ぶっているが、あれは健気で慈愛の精神に溢れ、純粋で一生懸命な性格の裏返しなんだ」

「そうなのですか？」

「ああ。外側は棘だらけの鎧をまとっているつもりのようだが、ガラスのように薄くてもろい殻だ。簡単に壊れるのに、本人はわかっていない。おまけに中身は柔らかく繊細だ。外殻《がいかく》が砂糖細工で作られたサザエ……いや、ウニというべきかもしれん！」

外側が砂糖細工のウニですか、と大西は必死に賛同の言葉を探すように首をひねった後、難しい顔で言った。

「なるほど。確かに、それは……少々甘すぎるかもしれませんが、美味しそうだと思います」

「そうだろう？　実際、雪道は素晴らしく甘くて美味だからな！」

仙光寺は満足して、湯呑《ゆの》みを手にした。大西は感慨《かんがい》深そうに言う。

「つまり、それほどに雪道さまが慶一郎さまにとって、大切な存在だということはよくわかりました。……私は先代からお世話になって、慶一郎さまのことも幼い頃から存じていますが。そんな慈しむような目でどなたかのことを話されたのは、これが二回目と記憶しています」

仙光寺は、ふっと唇を笑みの形にする。

「いい記憶力だ。言っておくが、一回目も同一人物だぞ」

そうでしたか、と大西は感嘆したような声を出し、近頃皺の増えてきた顔をくしゃっと笑み崩す。

「さすがに慶一郎さま、情が深く一途でいらっしゃる」

「だから大西」

ずい、と仙光寺は身を乗り出した。

「お前はもうすぐ定年を迎えるが、それまでの間にも雪道のことで、手を煩《わずら》わせることがあるかもしれん」

「煩わせるなどとんでもない。なんなりと、お言いつけください」

恐縮して頭を下げる大西に、仙光寺は立ち上がっていって、その無骨でごつごつした大きな拳を両手で握った。

「感謝するぞ、大西。あいつはなにを間違ってか、危険な世界に身を置いている」

「それは寿司職人たちの中に、ウニがいるような状況ということでしょうか」

大西のたとえに、我が意を得たりと仙光寺は深くうなずく。

「お前も雪道の魅力を少しはわかってきたようだな」

「は。そう思っていただければ光栄です」

「しかしただのウニではない。ウニのくせに、自分を寿司職人だと勘違いしている厄介なウニだ。自分が美味いということも知らずにいる。危なっかしくてとても放ってはおけない。とはいえ片手間で仕事をするわけにもいかん。俺の身体がいくつもあれば、俺だけでなんとかしたいんだが」

お任せください、と大西は野太い声でしっかりと了承した。

「私の最後のご奉公として、しっかり務めさせていただきます」

「うん。よろしく頼む」

がっしりと握手を交わした後、仙光寺は急いで仕事へと頭を切り替えたのだった。

◇◇◇

雪道は旅館の掃除や修理を手伝いながら、独断で動くなという仙光寺との約束を守り、おとなしく日々を過ごしていた。

旅館の面々は親切でよくしてくれたし、仙光寺のことは信じている。

本人が言っていたとおり、仙光寺は今かなり多忙らしい。

ここにふたりを送り届け、翌日の早朝には会社に戻った仙光寺は、それきり姿を見せなかった。が、頻繁にメールと電話連絡はしてくる。

半月ばかりはひっそりとおとなしく、八重垣の怪我の回復を待っていたふたりだったが、いつまでも隠居生活のような日々を無為に送っているわけにはいかない。

どうやら追っ手は、雪道たちの逃亡に仙光寺が関わっていることは嗅ぎつけていないらしく、まったくそれらしき気配はなかった。

怪我が癒えていくにつれ、八重垣はいつまでも雪道に世話をかけているのは申し訳ないと言い出した。

動き回れるまでに回復すると、早速バスでＪＲの駅まで出て仕事探しを始め、一昨日には早々と住み込みで次の職場を決めている。

年寄り夫婦ふたりで経営している酒屋での力仕事だそうで、驚くほどの薄給ではあるが、本人は飯さえ食えればいいとやる気満々だった。

しかし雪道は、このままで済むのだろうか、無為に日々を過ごしていていいのだろうか、という漠然《ばくぜん》とした不安を感じていたのだが。

「誕生日だぁ？　なに呑気なこと言ってんだ、あの野郎」

雪道は座卓を挟んだ正面に、正座をしてかしこまっている大男に、思わず叫んでしまっていた。

確かにしばらく前に、誕生日に部屋に来いと言われたが今はそれどころではないことを、仙光寺もわかっているはずではないか。

男は、雪道たちをここまで連れてきてくれた仙光寺の秘書で、大西と名乗った。

初老に近い年齢のようで白髪が目立ち、地味なスーツに身を包んではいるが、腕の筋肉が盛り上がっているのが上着越しにも見て取れるし、首もかなりの太さだ。

仙光寺から命じられているらしく、これまでにも一日置きの頻度で、雪道の様子を見に来てくれていた。

「呑気と言いますか、社長はまったく今回の件を、意に介していないのだと思います。なにも心配せず、雪道さまを駅まで送り届けて欲しいというご意向でした」

「駅って、あいつんちの近くの駅ですか？　家に直行ならまだしも、そんなとこでうろうろしてたらまずいと思うんですけど」

浴衣で腕組をする雪道に、はい、と男はうなずいた。

「最寄り駅とは申しましても、ターミナルの大きな駅ですし、さほど目立つ危険はないのではないかと」

でもなあ、と渋る雪道に、男はいかつい顔にニッコリと笑みを浮かべる。

「私が思いますに、社長は雪道さまと、お買い物などを楽しみたいのだと思います」

「おかいものぉ？　なんすかそれ」

「ですから、お誕生日のケーキやプレゼント、それに装飾品などだと想像しますが」

やっぱり乙女趣味だ、と雪道は右手で額を押さえた。

そんな雪道の態度をどう受け取ったのか、男はフォローするように言う。

「社長は本気で心を許した相手には、常に全力で愛情を示す方です。海外在住の大奥様がご病気の際には、可能な限り飛行機でお見舞いに通われて、機内でお仕事をされていました」

「わ……わかってます。あいつのことは大西さんよりもずっと」

言いながら雪道は、仙光寺が大西にどこまで自分のことを話しているのかわからないことに気が付いた。

そこで口に出しかけた言葉は飲み込み、話を変える。

「……それであいつの家に行って、一泊してまたここに戻るんですか？」

「さあ、そこまでは。ですが、いずれにしてもこちらには、お荷物などないですよね？」

もちろんそうだ。着の身着のままで逃げてきて、今にいたる。

――どっちみち、ずっとこうしてるわけにはいかないか。ほとぼりが冷めてるようなら、俺の部屋にも戻りたいしな。

雪道はそう考えて、一時帰宅を承諾したのだった。


「似合うぞ、雪道。俺の見立てに間違いはなかったな」

仙光寺と待ち合わせていたのは、ターミナル駅に隣接している商業ビルの、高級レストランだった。

すでに来ていた仙光寺のテーブルに案内された雪道は、ち、と小さく舌打ちをする。

それというのも大西が着替えにと渡してきた服が、いつも着ているヤンキー服とはほど遠い、上品な仕立てのスーツだったからだ。

そのせいで、いつもは毛先を遊ばせている髪も、軽く後ろに撫でつけるようにセットしている。

「用意してもらってなんだけど、なんだか窮屈《きゅうくつ》で仕方ない。汚しちまいそうだし」

照れくささもあってぶつぶつ言うと、仙光寺は悪びれずに笑みを浮かべる。

「顔を赤くして可愛いな。この日のために、せっせと仕事を片付けた甲斐があった」

「今度俺を可愛いって言いやがったら、お前のことを慶ちゃんて呼ぶぞ」

「悪くないな。それならお前のことはユキリンと呼ぼう」

仙光寺が言うと、冗談に聞こえないのが怖い。

「すみません、俺が悪かったのでやめてください」

表面上はいつもの言い合いをしていたが、雪道は久し振りに会う仙光寺に、ずっと胸をときめかせてしまっていた。

会わなかったのは半月かそこらのはずだが、なんだかひどく懐かしい気がする。

食前酒で乾杯をしてから、また甘い夢の中に戻ってきたのだと雪道は思った。

いつ覚めてしまうかはわからないが、それまでは浸《ひた》っていたい。

前菜が運ばれてくると、仙光寺はウェイターが立ち去るのを待って口を開いた。

「八重垣くんの仕事が決まったと、大西から聞いたが」

「ああ。よかったよ。あの辺りは組としがらみがある店もねぇし、地味に暮らせば問題ないと思う」

「そうか。……それにしてもお前、随分と目をかけていたようだが。一緒にいないと寂しいなどと言い出さないだろうな」

雪道はフォークの先に突き刺した小エビを咀嚼《そしゃく》して、口をへの字にする。

「そんなんじゃねえって。ただ俺には弟がいるから。どっか被《かぶ》ってるんだと思う」

「春道くんか。確か四歳下だったな？　隣県の全寮制高校に通っていたと記憶しているが。今はもう働いていると思うと、なんだか自分の年を実感する」

「……お堅い仕事についてるよ、真面目に。あいつは俺と違って、出来がいいから」

雪道の脳裏に、目のぱっちりとしたおとなしい顔が浮かぶ。

子供の頃はいつも後ろをついて回っていたが、きっと今は雪道のことなど忘れて、しっかり自分の道を歩んでいるに違いない。

そうあって欲しいと、雪道は心底思う。

「おい、雪道」

物思いに耽《ふけ》ってしまった雪道は、仙光寺の声に我に返った。

「俺が目の前にいるのに、違う男に心を奪われるな。面白くないだろうが」

「男って、ハルだぞ？」

「男じゃないなら妹だとでも言うのか？」

「そうじゃないけど、心を奪われるとかって話じゃないだろ」

雪道は自分に対する評価が低いせいもあり、仙光寺の嫉妬《しっと》深さはなかなか理解ができない。

なぜそこまで、といつも不思議で困惑するのだが、理屈ではないらしいので反発はせずに、話を変える。

「それよりお前、こんなとこに俺を呼び出して、もし組の連中に見つかったらどうしてくれるんだよ？」

「そうしたらまた俺がお前を守ってやる。心配するな」

「俺はお前が心配だから言ってんだよ、まったく……」

溜め息をついてワインを口にした雪道だったが、そんなふうに言ってくれるのは実は嬉しい。

——駄目だ、俺。仙光寺に甘え癖がついちまってる。

人に支えられ、優しくしてもらうことが、こんなにも心地いいことなのだとこの年にして雪道は知ってしまった。

切り分けたメインディッシュの子牛の肉を運んだ口元が、ふっと笑いの形になる。

——これじゃまるで、餌付《えづ》けされちまった野良猫みたいだな。

そうも思うが、嫌な気はしない。

なんでもないことのように冗談めかして話しているが、どれだけ危険なことなのか、仙光寺はわかった上で雪道に手を貸してくれている。

――もしもいつか、こいつに借りが返せるなら。俺は命だってなんだって、何回だって張ってやる。

幸せな夢を見させてもらっている代償だと思えば、当然のことだ。

窓の外に広がる夜景を見ながらフルコースのディナーを堪能し、自分の誕生日を祝ってもらうという贅沢《ぜいたく》に、雪道はこんな時間がいつまでも続くわけがないと考えて、少し怖くなったのだった。


食事を終えると、仙光寺はインテリア雑貨の店へ行き、パーティグッズのコーナーへと赴く。

そこで雪道が止めるのもきかず、仙光寺は電飾やハッピーバースデーの大きなロゴの壁飾りを買い、フラワーショップで二十八本分の薔薇《ばら》の花束を購入した。

「これは雪道、お前が持て」

「……あのな。俺が薔薇を貰って喜ぶような性格だとでも思ってるのか？」

「いいや。俺が薔薇をプレゼントして喜ぶ性格なんだ」

「だったら貰ってやってもいい」

週末の夜とあって、繁華街には雪道たち以外にもコンパや飲み会帰りの酔客が多い。

そのせいか、男のふたり連れが花束を持って上機嫌で歩いていても、見咎《みとが》めるものはいなかった。

レストランで適度に口にしたワインのせいでほろ酔いのふたりは、次に駅から徒歩数分の場所にあるケーキ店へと向かう。

「ケーキなんて、駅ビルの中でもいっくらでも売ってたじゃないか。それに俺、甘いものってあんまり食わねぇぞ」

「たまに少量食うものほど、美味いほうがいいだろう？　この辺りだと、ここが一番評判がいいんだ。それに予約を入れてある」

「予約……？　お前、まさか」

嫌な予感に眉を顰める雪道を後目に、さっさと仙光寺は店へと入っていく。

いらっしゃいませ、という明るい声に、仙光寺は軽く目礼した。

「先日ケーキを頼んだ、仙光寺だが」

「あっ、はい。ご用意できております。確認されますか？」

うなずいた仙光寺の背後に隠れるようにして、雪道はカウンターを覗き込む。

そうして出てきたホールケーキに、愕然としてしまう。

なぜならチョコレートでコーティングされベリーと粉砂糖で飾られた表面には、白い文字で『大好きな雪道くん、お誕生日おめでとう！』と書かれていたからだ。

「確かに注文どおりだ。問題ない」

「それではすぐに箱詰めしてリボンをおかけしますので、少々お待ちください」

――女の名前ならまだしも、男の名前入りのケーキを注文してるなんて、絶対に変に思われるじゃねぇか！　なんだって平気な顔してるんだ、こいつは！

焦った雪道は、店員に釈明するように言う。

「あ……あれだな、仙光寺。小学生の甥《おい》っ子のなんだよな。喜んでくれるといいな！」

仙光寺は、不思議そうな顔でこちらを見た。

「なんの話だ。俺に小学生の甥っ子などいないぞ」

え？　という顔で店員がこちらを見る。雪道はますます慌て、空気を読め、と肘で仙光寺をつついた。

「あっ、中学生だったか？　まあまだ子供だからな、こういう名前とか入れてやると喜ぶよな」

「なにを言っている。俺の甥はまだ幼稚園だし名前は母親の趣味で、流星雄と書いてメテオだ」

「なんだよその、教師が出席取る時に困りそうな名前は！」

思わず突っ込むと店員は吹き出しかけ、失礼しましたと必死に笑いを堪え、肩を震わせながら会計を終えた。

店を出ると早速雪道は、空気の読めない仙光寺に抗議をする。

抗議といっても互いに半分面白がっている言い合いは、仙光寺のマンション近くの交差点にタクシーで到着し、清算を終えてからも続いていた。

「まったく、少しは空気を読めよ。俺あてのケーキなんてバレたら、恥ずかしいにもほどがあるだろうが」

「雪道。相変わらず恥ずかしがりやさんなのは可愛いが、気にしすぎだと思うぞ」

「この年で、男に名前入りのケーキを買ってもらって、なにも気にしない男がいたらおかしい……」

あと数メートルでマンションの敷地内ということろで、雪道はギクリとした。

あちこちの物陰から、一斉に男たちがこちらへ向かって駆け出す足音がしたからだ。

ザアッと冷たいものが雪道の背を走る。

「仙光寺！」

言うまでもなく、すでに気が付いていたらしい仙光寺は、まず背後から飛びかかってきた男を背負い投げした。

　雪道の横から突っ込んできた別の男を花束ではたいてかわし、次に飛び込んできた男の腕からナイフを叩き落とす。

「雪道、俺の後ろにいろ！」

　シュッ、と仙光寺は胸ポケットからなにか光るものを取り出した。

「うわあっ！」

「ぎゃっ、痛ぇえ！」

　その光るものが男たちの顔をかすめるたびに、悲鳴があがる。

　男たちは総勢六人だ。いかに仙光寺が強かろうが、おとなしく引っ込んではいられない。

「なにかっこつけてんだ、俺が！」

　お前を守るって言ってんだろうが！　と心の中で叫びつつ、雪道は突進してきた男の腹部めがけて、カウンターキックを入れた。

「野郎、舐めやがって！」

　一度倒された坊主頭の男が立ち上がり、懐《ふところ》からドスを出して構える。

　外灯の明かりに浮かんだその顔に、雪道は見覚えがあった。確かに雪道が所属している組の構成員だ。

　――チクショウ。仙光寺のマンションまで割れちまったのか。

もしかしたら危惧《きぐ》していたとおり、駅で誰かに顔を見られて、そのままつけられていたのかもしれない。

やはりなんとしてでも仙光寺の誘いを断るべきだったと後悔したが、今さらどうにもならなかった。

刃物が青白い月の光を受けて、ぎらりと光る。

六人のうち、ふたりは伸びてもう立ち上がる気配はない。他のふたりは仙光寺によって目を傷めたらしく、顔を押さえて蹲《うずくま》っていた。が、まだふたり残っている。

雪道は伸びた男が取り落としたナイフを拾おうと、隙をうかがっていたのだが。

「雪道。お前は余計なことをするな」

仙光寺の言葉に、カッと血が上る。

「かっこつけるなって言ってんだろ、この……」

言いかけて雪道は、口をつぐんだ。

ぎらぎらと、外灯の白い光を反射させているドスを構えた男に対峙《たいじ》している仙光寺が手にしていたのは、細い金属製のシャープペンシルだったのだ。

——こいつ、こんなもんでヤクザとやり合ってたのかよ。どんな神経してんだ……！

呆れと感嘆の混じった思いで仙光寺を見つめたそのとき、うおお！　と叫んでパンチパーマの男がドスを振り上げる。

SKIN CARE LIQUID FOUNDATION
EMULSION PACT (RAYGENIC)
TREATMENT CONCEALER
WATER MIST
OIL FREE
FACE UP WATER
PERFECT

ブン！　と仙光寺がダーツのように思い切り投げつけたシャープペンは、一直線にパンチパーマの男の顔面をとらえた。そして。

「うがあっ！」

シャープペンは深々と、男の頬骨の下を貫通する。

スパーン！　とそこに容赦なく仙光寺の回し蹴りが入り、パンチパーマの男が痛みに喚きながらアスファルトに崩れ落ちると同時に、ドスが地面に転がった。

最後にひとり残っていた男は、飛び出しナイフを両手で持ちはしているものの戦意をすっかり喪失した様子で、立ち尽くしていた。

それでも必死に虚勢を張り、雪道を睨みつけてくる。

「……み、南戸。お前、本気で落とし前つけねぇまま足洗う気なのか。組長のメンツを潰して、のうのうと逃げ切るなんて、できるわけねぇだろうが」

なにか言い返そうと前に出ようとする雪道を、押しとどめるように仙光寺が立ち塞がる。

「そんな程度で潰れるメンツなど、最初から潰れているのと変わらん。くだらない、行くぞ、雪道」

「ま……待ちやがれ」

伸びていた男のひとりが震える手を地面に突っ張り、懸命に身を起こそうとしながら言う。

ふむ、と仙光寺はうなずいた。

「健気にまだ戦おうとするものもいるが、無傷で突っ立っているお前、どうする。せめて一矢《いっし》報いたいという気概《きがい》はないのか」

男はまだナイフを握り締めてはいたが、倒れたままのパンチパーマの男の頬に刺さったシャープペンに目が釘付けになっているらしく、動けずにいる。

「……終わりということでいいようだな。雪道、怪我はないか」

「あ？　ああ、擦り傷程度だ」

「そうか。それならよかった」

仙光寺はパンパンとスーツの埃《ほこり》を払うと、立ちまわりの間に落としてしまった買い物を、拾い始める。

地面には男たちの血と混じり、雪道の持っている花束から散った真っ赤な薔薇の花びらが、そこかしこに落ちていた。

——俺はやっぱり、とんでもない間違いをやらかしちまった。よりによってヤクザから仙光寺が目を付けられる原因を作るなんて。

仙光寺の部屋に通され、リビングのソファに座った雪道は、延々と自責の念にかられていた。

仙光寺は茶を淹れると言って、キッチンに行ったまままだ戻ってこない。

雪道は上着を脱ぎ、天井の高い広い室内を、うつろな目で眺めた。

白が基調の、綺麗に片付けられたすっきりとした部屋だ。

サイドボードの中にはミニチュアサイズのスポーツカーやオートバイが、きっちりと等間隔で飾られている。

座っている長椅子も白い革張りで、かろうじてついていた薔薇の花びらが一枚落ちて、血の染みのように見えていた。

雪道はそれをつまみ上げ、テーブルの上で無残な姿を見せている花束近くに、そっと置く。

並べてあった紙袋を開いてみると、当然のことながら電飾や壁飾りも、花束と似たり寄ったりの有様だ。

踏みつけられたり落とされた衝撃で、すっかり破損してしまっている。

――ガキじゃあるまいし、どうせ仙光寺もふざけ半分で買っただけだ。けど、気が滅入ってどうしようもなくなってくる。

せっかくの心づくしの品を壊されたという口惜しさに、雪道は唇を噛む。

「なにを暗い顔をしているんだ。……そら。乾杯するぞ」

キッチンから仙光寺はワイングラスと、つまみの入った皿、それにフォークなどを持って戻ってくる。

けれど雪道は今、とても乾杯のできる心境ではなかった。

「……お前、大西さんがいないときは、せめて護身用のスタンガンくらい持ってろよ。……シャープペンで立ちまわりするって、やばすぎるだろ」

「ん？　特殊警棒タイプのスタンガンなら持っていたぞ。使うまでもない連中だったから出さなかっただけだ」

平然と仙光寺は答え、ワイングラスを差し出してくる。

その豪胆さに半ば呆れつつ雪道がグラスを受け取ると、仙光寺はケーキの箱をテーブルの上に置いた。

「さっき振り回したから、どうなっているかわからんが」

言いながら仙光寺が蓋《ふた》を開けると、中は悲惨なことになっていた。

箱の中で一回転したかのように、ほとんどケーキは原型を留めていない。

「……仙光寺。俺、やっぱりもう、無理なんじゃねぇかと思う」

「そんなことはないだろう。味は変わらん」

「違う、そうじゃなくて」

雪道は苦笑する。だが口元を笑いの形に歪めてはいても、目にはじわりと涙が滲んだ。

「さっき、お前までが狙われて、正直ゾッとした。……ナイフやドスだったからまだしも、もしあれがハジキだったりしたら」

「拳銃を使うと、弾から出所が割れて厄介だ。そう簡単には使わないと思うが」

「でも絶対にないとは言えないだろ。……俺は、怖いんだ」

雪道は背中を丸めて両肘を膝につき、斜め下から仙光寺を見上げた。

「俺のせいでお前になにかあったら、どうすればいい」

思いつめる雪道に、仙光寺はなんでもないことのように答える。

「どうもする必要はない。俺を何歳だと思っている。自分のすることには、自分で責任を持つ。お前を守りたいと思うのも俺の勝手だし、自分がしたいことをしているまでだ」

「そんなこと……言われても……」

雪道は深い溜め息をついた。この嫌な感覚は、昔からとても雪道に馴染みのあるものだ。

事情を知らない仙光寺は、なおも淡々と言う。

「お前は昔から、必要以上に自己卑下をする。悪い癖だ。俺は迷惑だなどと感じない。むしろ頼ってもらえたら嬉しいんだ。それがなぜわからない」

一呼吸置いて、仙光寺は言葉を続けた。

「もし……お前がそんなに俺に負い目を感じるというのなら。俺を組のいざこざに巻き込んだことより、自分を大事にしなかったことを悔いてくれ」

雪道はハッとして、仙光寺を見る。具体的には口にしなかったが、なぜヤクザになどなったのかと、その目は雄弁に語っていた。

仙光寺の気持ちに気づいていたり、再会するとわかっていれば、また別の未来を選んだかもしれない。

けれど雪道の心が歪み始めたことには、もっと根深い理由があった。

一生、誰にも言わないつもりでいた。だがこれだけ自分のことを考えてくれる相手に、のらりくらりとはぐらかして、真相を教えないのはひどく申し訳ない気持ちになってくる。

雪道はもう一度重い息を吐き、ゆっくりと切り出した。

「……ハル。弟のことなんだけどさ」

「春道くんがどうした」

「小学校に入った頃から、俺の母親はハルを避け始めた。険悪だった親父の母親にそっくりだとか言ってな。……母親は俺だけを溺愛して、ハルをないがしろにしてたんだ」

幼児期の雪道は、むろん今のようにひねくれてはいなかった。

歩き出すのも言葉を覚えるのも早く、母親にとっては自慢の長男だったらしい。

そして弟の春道は、同級生たちより少し物覚えが悪かった。早生まれだから当然なのだが、母親はいつからか、なにかにつけて雪道と春道を比較するようになった。

雪道は弟を可愛がったが、春道はいつも悲しそうな、寂しそうな様子をして母親にかまってもらいたがり、うるさがられては泣いていた。

ひどいときには、雪道だけおやつが与えられ、食事も春道の皿だけはひどく質素なものにされた。

雪道はそっと自分の分を取り分けて春道に分け与えていたが、母親に見つかるとヒステリックに怒られた。

そのため春道は雪道には懐いていたものの、あからさまな母親からの扱いの差に、恨めし気な目で溺愛されている長男をじっと見ていることも多かった。

「だから俺は、怖かった。俺のせいでハルが壊れてしまうんじゃないかと。兄さんのせいで不幸になったと罵《ののし》られるんじゃないかと、ずっと恐れてた」

「それでお前はヤンキーになったとでも言うのか？　相対的に、弟の評価を上げるために」

「……ある意味では、そうとも言えるかな」

雪道が反抗的に振る舞い始めた後、春道は品行方正そのものの寮生活を送っていたらしい。難関大学の受験にも成功し、今では母親にとって自慢の息子になっている。

一方の雪道は、お前には裏切られた、期待外れだと母親からの評価は地に落ちた。

けれどそれこそが雪道の望む結果だったので、春道が大学受験に成功した際には心の底からホッとして、凄まじく重たかった肩の荷が下りたと実感したのをよく覚えている。

痛ましいものを見るような仙光寺の目に気が付き、雪道は急いで弁解する。

「言っとくけど俺は別に、弟思いなわけじゃねぇぞ。ただ、小心者だっただけだ。他人の心配をするのはうんざりだったからな。家族が平和に生きてればこそ、俺は好き勝手できるってもんだ」

「……俺はそれを、お前の優しさだと思う。……しかし……」

仙光寺はフォークで、崩れたケーキの一角をすくい取ろうとしながら言う。

「俺は、泣いた赤鬼の話が嫌いでな」

思いがけない話をされて、は？　と雪道は、首を傾げる。

「怖がられて村人の友達ができない赤鬼のために、青鬼が悪役を買って出る昔話だ」

「あー。なんか聞いたことある」

「赤鬼は村人と仲良くなれたものの、結果として青鬼は嫌われ、赤鬼の前から去る。……あれはいったい、誰が得をするんだ」

はあ？　と雪道はますます首を傾げた。

「誰ってそりゃ、村人と仲良くなれた赤鬼に決まってるだろ」

俺はそうは思わない、と仙光寺は断言する。

「赤鬼がまともな神経をしているのなら、自分の犠牲になった青鬼に対して、大きな罪悪感を覚えることになるだろう。芝居に騙されて青鬼を嫌った村人たちも、真実を知れば赤鬼に猜疑心《さいぎしん》を持ち、青鬼にひどいことをしたと自己嫌悪に陥るんじゃないのか」

「だけど話の中じゃバレないんだろ」

「だとしてもだ。人を見る目がなく嘘を見破れない村人、それをいいことに嘘をつき続ける赤鬼、小芝居によって繋がり続ける仲間たち。気持ちの悪い関係だとは思わないか」

「……それでなんなんだよ。俺が青鬼だとでも言いたいのか？」

雪道は苛立って、フォークでぐさぐさとケーキの塊を突き崩した。

「まあそうだが。この話が納得のいく結末を迎えるためには、ひとつだけ解決方法があると俺は考える」

仙光寺はフォークに刺したケーキを、雪道の口の前に差し出した。

雪道はパクリと食いつき、新鮮な生クリームに絶妙な酸味を加えているフルーツの美味しさに、一瞬目を見開いた。

「甘すぎなくて美味いなこれ。で、なんだよ解決方法って」

もぐもぐと咀嚼しながら、自分でもケーキを口に運ぶと、仙光寺は白い歯を見せた。

「赤鬼も村人も関係のないところで、青鬼が別の人間と幸せになることだ。そうすれば赤鬼たちの罪悪感も、多少は軽くなるだろう」

「……ハハ。幸せって言ってもな」

雪道は崩れたケーキの山を切り崩しては口に放り込みながら、皮肉を込めて笑った。

「結局それでまた誰かが不幸になったら、身も蓋もない」

口の中の甘い塊を飲み下し、雪道は仙光寺を見た。

「俺はもう、お前と手を切ったほうがいいと考えてる」

「……雪道」

「お前のことを心配してどうしていいかわかんなくて、眠れなくておろおろするなんてのはまっぴらなんだよ。……だから」

言いながら雪道は、仙光寺の視線がなぜかこちらの目ではなく、口元に向いていることに気が付いた。

なんだ？　と唇を拭おうとした手首を、仙光寺の手がつかむ。

「……口の端に、クリームがついている」

「え……？」

すう、と流れるような自然な動きで、仙光寺の唇が唇に触れ、ペロリと口の端を舐めた。

驚くと同時に、どくん、と雪道の心臓が大きく跳ねる。

「人が別れ話しようってときに、なに……ん、んう」

噛みつくようにキスをされ、するりと口腔《こうこう》に忍び込んできた器用な舌が、上顎をくすぐり雪道の舌に絡みついてくる。

「んっ、ふ」

きつく舌を吸われると、ジンと頭の奥が痺れた。

「……甘い」

一瞬唇を離して仙光寺はつぶやくと、再び貪るようにくちづけてくる。

「はあっ……あ、やめ、ろっ」

雪道は懸命に首を背けて抗議した。

「お前っ、俺の言うこと、聞いてなかったのかよっ、俺は、もう」

「クリームで濡れて光る唇を見ていて、それどころじゃなかった。……誘ったんじゃないのか」

「バカ言……っん、んんっ」

唇から離れた仙光寺の舌が、首筋を伝い、鎖骨を這う。ぞくぞくっと雪道の身体が、これから与えられる快感の予感に震えてしまった。

「いっ……あ、待て……待てって」

仙光寺が肌に落としていくキスに翻弄《ほんろう》されるうちに、器用な指が雪道の服を脱がせていく。

——駄目だ。なんで逆らえないんだ、俺の身体は。どうなっちまってるんだ。

頭では、流されてはいけないとわかっている。こんな関係を続けていたら、いつか仙光寺に多大な迷惑をかけてしまうに違いない。

今夜のことで思い知った。自分との繋がりがバレ、当然のことながら職場も知られているだろうし、自宅もマークされてしまうことになる。

——突き放せ。取り返しのつかないことになる前に。

けれど身体は言うことをきいてくれない。

「あう……っ、せん、こう、じ……っ、やっ、あ、ああ」

すでに上半身は素肌に剝かれ、胸の突起に仙光寺の形よい唇が、執拗《しつよう》に吸いついてくる。

びりっとした痛みの後に、最近では甘く疼くようになってしまっていた。

反対側の突起も指で苛《さいな》まれ、雪道はソファの上で身をくねらせてしまう。

「やめ……っ、あ、んっ」

「こんなところでやめていいのか」

仙光寺は言いながら、雪道の股間に自分の足をぐりぐりと押しつけてくる。

「んっ、あ……っ」

雪道は仙光寺の肩に手を突っ張るが、引き剝がすどころかビクともしない。

するりとベルトが外されてジッパーが引き下ろされると、外気が触れてひんやりする感触が、すでにそこが濡れているのだと雪道に教える。

「下着の色が、濃くなっている。気持ちいいんだろう、雪道」

「なんで。なんでだよっ、……やぁ、んんっ、……チクショウ」

感じたら駄目だと必死に自分に言い聞かせているのに、雪道のものはカチカチに反り返ってしまっていた。

情けなさに目を閉じると、可愛い、と仙光寺が低く囁く。

かあっと首から上が熱を持つと同時に下着の中に手が入ってきて、雪道はなにも考えられなくなってしまった。

「俺はずっと見ていた。自分を大事にしないお前が、俺といるときだけ、幸福そうに笑うのを」

「あっ、あ、はあっ」

「そんなお前が、可愛くて、心配でたまらないんだ。わかってくれ……雪道」

「……う、んううっ……！」

背後に指が滑り込んできて、雪道は背を反らせる。

「あっ、待っ……やっ、ああ！」

ぬうっ、と長い指が挿入され、恥ずかしいことにそこは抵抗するどころか、喜ぶかのように指を飲み込み、ひくついてしまっていた。

「っあ！　ひっ、あ」

わずかな指の動きにも、身体がびくびくと反応してしまう。

「仙……っああ、やあっ！」

内部を弄られながら、勃ち上がったものを擦り上げられると、もう耐え切れなかった。

こんなに早く達するのが恥ずかしく、必死で雪道は歯を食いしばる。

「ん、うう……っ」

「我慢するな、雪道。俺に全部預けて、甘えてみせろ」

嫌だ！　と意地を張って首を振るが、身体は正直だった。

「ひっ、あ！」

ぶるりと大きく身体が震え、仙光寺の手の中で、雪道は弾けてしまう。

「あ……はあ……っ」

羞恥で右手で顔を覆い、息を弾ませている雪道の傍《かたわ》らで、仙光寺はむしり取るように自分の服を脱いだ。

そしてまだぐったりしている雪道の着衣をすべて取り去ると、改めて覆い被さってくる。

そうして長椅子のひじ掛けに頭を乗せて仰向けになっている状態の雪道の、背もたれ側の足を抱え上げるようにした。

割り開いた足の間に、仙光寺は身体を入れてくる。そうして。

「っ――あ、ああ！」

初めてではないというのに、雪道のその部分はまだ慣れてくれない。

無意識に腰がずり上がろうとするが、ソファの隅《すみ》とあってそれもままならなかった。深々と貫いてから、仙光寺は雪道の耳に触れるほど唇を寄せ、低く甘い声で言う。

「俺と手を切るだと？　今さらそんなことができると思っているのか、お前は」

「な……、あっ、うあっ！」

「俺は気に入って一度手に入れたものは、死んでも手放さない。誰が邪魔をしようと、知ったことか」

「おっ、俺は……お前がっ……っあ、ああっ、傷つけられたく、ね……からっ」

体内を抉られる強すぎる快感に、意識を持っていかれそうになりながらも、雪道は必死に言った。

けれど仙光寺は、雪道の懸念を一蹴する。

「いい加減に、気が付け。俺は、お前が離れていくことのほうがずっと怖いし、深い傷を負うんだ」

ゆさっ、と大きく揺さぶられて、雪道の唇から嬌声が漏れる。

どんなに拒んでも、もう雪道自身が認めざるを得ないほどに、身体は抱かれる愉悦《ゆえつ》に目覚めてしまっていた。

仙光寺の指先のわずかな動きにさえ反応して、肌が震え、内壁がひくつく。

「ひぃっ、あっ、うあ！」

ふいに自身が再び弾け、雪道は早すぎる絶頂に茫然とする。

だが達して先端から熱いものを放っている間にも、仙光寺は容赦なく腰を使ってきた。

「やっ、待っ……！　も、いってる、からっ、だから」

感じすぎてしまい、半泣きになって小刻みに震える雪道の身体を、仙光寺は包むように抱き締める。

「お前だってそうだ、雪道。男相手にこんなになって。理屈をこねて、俺から逃げられると思っているのか？」

「お……俺は……っあ、はあっ」

本当は、雪道にもうわかっていた。仙光寺のために早く身を引かなくてはと思いながら、ずるずるとここまできてしまった。

理屈ではわかっていても、感情がそれを許してくれなかったのだ。

「……すっ……好きなんだ、慶」

雪道は降参して、仙光寺の背に両手を回す。

「俺はお前に、迷惑をかけたくない。けど……傍にいてぇ」

涙交じりに訴えると、同じくらいの強さで、仙光寺は抱き締め返してきた。

「お前と違って、俺は自己中だからな。迷惑をかけようがかけられようが、俺が傍にいたいから、いる。……いい加減に、観念しろ」

笑いを含んだ仙光寺の声は、ひどく傲慢だが同時に頼もしい。

雪道は気が付いていた。仙光寺の言葉を信じ、安心して身をゆだねるほどに快感は強くなっていく。

雪道、と愛しそうに名前を呼んでから、仙光寺は深くくちづけてきた。

雪道もそれに応じるように舌を絡め、唇の端から互いのものが混じった唾液が零れる。

腰の律動は速くなり、声を封じられた雪道は、仙光寺の背に爪を立てた。

「――――っ！」

きつく目を閉じた雪道の身体の奥に、仙光寺のものがどっと注がれるのを感じる。

そこにはすでに恐れも嫌悪もなく、雪道の胸の中は幸福感で満たされていた。


ひどく幸せな夢を見ていたらしい。

ふ、と目を開けた雪道は、自分の唇が笑みの形になっていることに気が付く。

広いベッドに手足を伸ばし、心地よいまどろみから覚めた雪道は、なにげなく隣に目をやって、そこでギクリとする。

隣に寝ているはずの仙光寺がいなかったからだ。

「……慶？　どこだ？」

トイレかとも思ったが、仙光寺が寝ていた場所からは、ぬくもりが消えかけていた。

どういうことだ、と雪道は急いでベッドから降りる。

まだ抱かれることに不慣れな身体は、機敏には動いてくれない。もどかしく思いながらも急いで服を身につける。

――どこに行ったんだ。メモとかその辺に置いてねぇよな？

買い物にでも行っただけかもしれない。ここは仙光寺の部屋なのだし、慌てなくてもいずれ帰ってくるはずだ。

そう思うのだが、胸がざわついて仕方ない。

服を身につけ、バスルームとトイレを覗いてみたが、やはり仙光寺はいなかった。

ますます嫌な予感に突き動かされた雪道だったが、落ち着こうと深呼吸をする。

――頭を冷やせ。……そうだ、電話すればいいんじゃないか。なにも慌てるような状況じゃない。……あ。もしかしてゴミの日で、ゴミ捨てに行ったとか。

携帯を取り出そうと上着のポケットを探りながら、ここからゴミ捨て場が見えるだろうかと雪道はカーテンを開き、大きな窓の下を見た。

「――っ！」

その瞬間、飛び込んできた眼下の光景に、雪道は凍りつく。

マンション前の路肩には数台の黒塗り乗用車が止まり、広い駐車場の一角には、ずらりと組員たちが並んでいたからだ。

そしてその前に立ち塞がるようにしている、仙光寺のすらりとした姿が見える。

——どういうことだ。なにしてやがるんだ、あいつ……！

雪道は脱兎のごとく駆け出すと部屋を飛び出し、エレベーターを待つのももどかしく、七階から階段を使って駆け下りた。

ぴかぴかに磨かれたロビーを走り抜ける間にも、冷たい汗が背を伝う。

——慶。……慶。死ぬな。チクショウ、あいつの髪の毛一本でも傷つけてみろ。俺が全員、ぶっ殺してやる……！

今にも仙光寺が襲われるのではないかという、緊張と恐怖で呼吸もまともにできない状態だ。

けれど人生でこれほどまでに速く走ったのは初めてという勢いで、雪道は駐車場へと突進する。

「けっ……慶……」

ようやく仙光寺の背後まであと十数メートルというところまで走ってきて、雪道は足を止めた。

後ろから見る仙光寺の肩には力が入っていなかった。なんの気負いもない、リラックスした様子で立っているだけだ。

だが突然、ザッ、と整列していた組員たちが一斉に、その前に首を垂れたのだ。

雪道が茫然と後ろから見守る中、仙光寺はゆっくりと、中央にいる男に向かって歩いていく。

ずんぐりとした見慣れたシルエットに、長谷川だ、と雪道が気づいたそのとき。

スコーン！　と小気味いい音をさせて、仙光寺がその後頭部に踵落《かかと》としをくらわせた。

下げた頭の後ろに嫌というほど衝撃を受け、その勢いで長谷川は顔面から地面に叩きつけられる。

ぎょっとした雪道だったが、頭を下げている組員たちはそのまま微動《びどう》だにせず、シンと静まったまま誰も顔を上げようともしない。

無言のまま仙光寺は、倒れ伏した長谷川の頭を、容赦なく靴で踏みつけていた。

――なに……やってんだ、あいつは。こんなことしちまって、どうするんだ。……組の連中は、なんだっておとなしくしてるんだ？

かける言葉もなく立ち尽くす雪道の耳に、よく通る仙光寺の声が響いた。

「この男、組長さんのお身内らしいが。好きにしろという話だったので、このまま貰い受けるということで依存《いそん》ないかな？」

「はいっ、もちろんです！」

雪道は目を剝いた。

頭を下げたまま敬語で応じたのは、長谷川よりさらに上の大幹部だったからだ。

「ほ、本来なら、組長が直々《じきじき》にご挨拶するべきところを、自分風情《ふぜい》で申し訳ないですが、本日はご厚情に甘えさせていただきました！」

ふむ、と仙光寺は肩を竦める。

「組長さんがお年を召しているのは把握しているし、入院中では仕方がないからな。それにこちらとしても、なにもことを荒立てたいとは思っていない」

「はいっ、ありがとう存じます！」

仙光寺は鷹揚《おうよう》にうなずき、話を続ける。

「羽村《はむら》さんとの仕事の話の中で、うちの身内とお宅が揉《も》めているのなら、ぜひ協力させて欲しいと言われたのでね。それならばと思ったまでだ」

「はいっ、存じております！」

大幹部は一瞬だけ頭を上げ、ちらりと仙光寺の後ろにいる雪道を見た。

「南戸……さんの件は、大変、申し訳ありませんでした。すでにこちらとは一切関わりのない方と、周知徹底しておりますので！」

ああ？　と仙光寺は、雪道が初めて聞くようなドスの利いた声で言い、首を傾げる。

「徹底されたというのは、二日前に聞いたんだが。それなのに昨夜、ああいう事態が起きたのはどう説明してくれる」

それは！　と大幹部の甲高いひっくり返った声が、駐車場に響く。

「こちらの部下の一部に、伝達ミスがありまして！　何分、血気盛んな連中ですので！」

「仕事柄、血の気が多いのは理解するが。多すぎるのはよくないな。流すなり抜くなりして、減らす努力をして欲しい」

言いながら仙光寺は、がつがつと靴の下の頭を蹴った。

「はいっ、身内のしでかした落とし前は必ず、こちらでつけます！」

さらっと残酷なことを言いやがる、と形よい後頭部を見つめていると、仙光寺もこちらを振り向き、口を半開きにしている雪道に笑いかける。

それからもう一度、まだ礼をしたままの男たちに向き直った。

「もうひとりいるだろう？」

「あっ、はい、八重垣さんに関しましても、すでにうちの名簿からは抜き、円満な離脱として扱っております」

――南戸『さん』に……八重垣『さん』だと？　俺たちのことなんか、使い捨てのビニール傘くらいにしか思ってねぇだろうに。それにさっき、羽村って言ったか？　……まさか、聞き間違えだよな？

今目の前で起きているはずの出来事なのに、白日夢《はくちゅうむ》としか雪道には思えない。

仙光寺は冷たい声で、淡々と告げる。

「そうか。それならもう解散してくれ。目立つと迷惑だ。早々に引き取って欲しい」

鬱陶《うっとう》しそうに言われて、腰を低くしたまま、組員たちはそそくさと車に戻っていく。

あとには頭を踏みつけられたまま、カエルのように地面に這いつくばった、長谷川だけが残っていた。

「お、おい。どういうことなんだよ、早く説明しろ！」

駆け寄った雪道に、仙光寺は穏やかな目をして言う。

「ちょっと待て。説明はゴミを片付けてからだ。……大西！」

奥に停まっている見覚えのある白い国産車に向かって声をかけると、雪道も面識がある大西を含めた三人の男が、車から降りて走ってきた。

「面倒をかけて悪いが、予定どおりこいつの指導を頼む。親切にしてやる必要はないぞ。存分に酷使《こくし》してやれ」

「お任せください。雑巾《ぞうきん》並みにこきつかってやりますよ」

大西は言うと、仙光寺の足の下で呻いていた長谷川を引きずり起こした。

「お、俺をどうするつもりだ。……な、なあ雪道。お前から口添えしてくれ。俺に舐めた真似をすると、後々大変だと」

びくびくしながらも抵抗しようとした長谷川だったが、背後から男たちが拘束し、強引に車へと引きずり込んでしまった。

大西はぺこりと頭を下げ、運転席へと急ぐ。

それを見届けると、仙光寺はやれやれと伸びをした。

「さてと。朝食はなにがいい？」


「お前んとこって、不動産会社……だったよな？　俺はてっきり堅気の商売だとばかり」

部屋に戻った雪道は、朝食を作るためにキッチンへ行こうとする仙光寺の腕を取り、強引にリビングのソファへ座らせた。

聞きたいことが多すぎて、食事どころではなかったのだ。

仙光寺はこちらの質問に、あっさりと答える。

「表向きはな。他にも系列で貸しビルやら風俗業やら、いろいろやっている。中にはヤクザ絡みや、違法ぎりぎりのものもあるぞ」

「……そうだったのかよ。お前、なにも言わないから……」

雪道は学生時代、怒らせると妙に凄味のあった仙光寺の威圧感を思い浮かべていた。

「そっ、それじゃあ、うちの組と話をつけたのも、そっちの関係なのか？」

ああ、とまたしてもなんでもないことのように、仙光寺は認める。

「すべてカタがついていることは誕生日のサプライズにしようとして、お前に知らせないでおいたんだが。まさか下まで話が通っていなかったとは想定外だった」

だから護衛もつけずに繁華街に繰り出したのか、と雪道は納得する。

「言ってはなんだがお前がいた高萩組は、六《む》つ山会《やまかい》の傘下の中で下位の組織だろう。うちは一代目の直系、羽村組と長年の付き合いがあるからな。羽村の会長に、少し口をきいてもらっただけだ」

「羽村の会長……黒羽《くろばね》の総帥《そうすい》」

組の内部でもほとんど伝説の存在のように語られている、組織の頂点に立つ男のふたつ名を、雪道はひとりごとのようにつぶやいた。

自分と八重垣の身柄の処し方が、下っ端には知る由《よし》もないはるか上方でやり取りされていたとわかり、息を呑む。

「そ、それじゃ、長谷川は、羽村の会長に睨まれたってのか」

「そういうことだ。二度と極道の世界では幅を利かせられんだろうな。あの男はお前がこの前滞在した旅館で下働きでもさせる予定だ。下手に放逐《ほうちく》すると、逆恨みをしてお前や八重垣くんに危害を与えないとも限らない。大西に見張らせながら、一生ただ働きをしてもらうつもりだ」

大西のいかつい顔に浮かぶ穏やかな笑みを思い出し、雪道は顔を曇らせた。

「大西さんに？　迷惑な話だろ、それ」

「あの男もいい年だからな。しばらく前から、俺の護衛から退きたいと申し出ていた。現場監督として長谷川につけるにはちょうどいい」

確かに組から絶縁させるのは簡単だが、長谷川を野放しにすると迷惑をこうむる人間は、もっと増えてしまうかもしれない。

ただし強いものには腰の低い男だったから、大西ならきっと使いこなせるだろう。

それより、と雪道は、改めて一番気になっていた部分に切り込む。

「お前の会社、羽村の会長なんてヤバイ相手と商売して平気なのか？」

「今現在取り引きをしているのは、表面上は綺麗な大手の興業団体だ。そんな企業はいくつもある」

仙光寺は暗い目をして、かすかに笑った。

「……お前はおかしいと思わなかったか、雪道。高校生風情が、親にあんな高価なバイクを買い与えられ、好き放題しているのを」

「え……？」

「あれは綺麗ごとばかりではやっていけない商売を俺が継ぐことへの、親からの贖罪《しょくざい》の一環だ。趣味で好き勝手をさせてもらう反面、俺に将来を選ぶ自由はなかった」

言われて初めて雪道は、仙光寺の隠されていた素顔を見た気がした。

高校生の頃、雪道は仙光寺をただただかっこいい、羨《うらや》ましいとしか思っていなかった。

仙光寺は常に自信に溢れ、悩みなどなにひとつないかのように雪道には思えていたのだ。

——あの頃俺は、ハルと自分のことで精一杯だった。男を好きになったことを悩んで、ハルが心配で、そればっかりで。

雪道の心に、強烈な後悔の念が湧き上がる。

——なんでもっとあのとき、こいつの傍にいてやらなかったんだろう。

雪道の沈黙をどう受け取ったのか、仙光寺は目を伏せた。

「……雪道。実は少しばかり俺も今回は心配なんだ。……俺の仕事が綺麗なものでないと知って、お前が俺から離れていくんじゃないかと」

不敵で不遜で傲慢ともいえるほどの仙光寺が初めて見せる、不安そうに揺れる瞳に、雪道の胸がきゅうっと締めつけられる。

「お前、俺を舐めてんのか、仙光寺」

「……え？」

「俺がお前のステイタスに惹《ひ》かれて、セレブ妻になりたがってるとでも思ったか？」

仙光寺の顔を下から覗き込むようにして、雪道は言う。

「お前はどうなんだよ。俺の職業を気にしたか？　それともチンピラだから惚れたのかよ？」

　ああん？　と雪道が返事をうながすと、ようやく仙光寺の目は輝きを取り戻した。

「いや。俺はお前がホストでも神父でも、まったくなんの問題もない」

「だろうが。俺だってお前が専業主婦になりたかったら、喜んでしてやる。……ただし、今は無職で甲斐性なしの亭主にしかなれないけどな」

　雪道は言って笑ったものの、ふう、と自嘲気味に溜め息をつく。

「しかしお前を養うどころか、世話をかけっぱなしってのは、さすがに肩身が狭い」

「……なあ、雪道。それならひとつ提案があるんだが」

　仙光寺の濡れたように黒い瞳が、至近距離にある雪道の目を覗き込んでくる。

「大西の退職にあたって、警護兼運転手の募集をかけなきゃならないんだが。腕がたって目端がきいて場慣れして、なにより信用ができる人間となると難しい。……お前、雇われる気はないか？」

　雪道は目を瞠《みは》る。

「……本気で言ってるのか？　そりゃ、俺としては……ありがたいけど」

「おそらくお前が考えている以上に、俺には敵が多い。それでもよければだが」

　当たり前だ、と雪道は勢い込んでうなずく。

「雇うなんて水臭いこと言うなよ。お前を守れるなら、金なんていらない」

雪道は仙光寺の後頭部に手を回し、こつん、と額に額を押しつける。

「お前が美味い飯を作ってくれたら、俺は一生だってお前を守る」

「そういうわけにはいかない。大西は高給取りだったしな」

仙光寺の言葉に、雪道は口をへの字にした。

「なんだよせっかく、俺の一世一代のプロポーズだったたってのに」

それは申し訳なかった、と仙光寺は屈託《くったく》なく笑った。

「だが、本当にきちんと雇用という形にさせてくれ。そのためには格闘技も護身術も専門家に指導させる。それでもいいか」

「……まあ確かに、俺の喧嘩は独学の自己流だからな。万が一のときお前と背中合わせで戦うためには、それなりの努力はするつもりだ」

雪道の言葉に、仙光寺は満足そうにうなずく。

「よかった。これで交渉成立だな。お前が俺の傍にいてくれれば、心配しないで済む」

「ああ？　なんだって心配するんだよ、心配してるのは俺だっての」

俺だ、いや俺だと言い合ううちに、いったいこんなやり取りは何度目だろうとふたりは笑い出してしまった。

できることならいつまでも、腰が曲がってよぼよぼになってしまってからも、こんなやり取りを続けていたい。

ひとしきり笑ってから、どちらからともなく唇を寄せあい、深くくちづける。

――……守っても守られてもどっちでも、今はとりあえずよしとするか。こいつの傍にいることができるなら、それでいい。

雪道はそう考えて、広い背中にしっかりと手を回したのだった。

ロマンチストは負けられない！

「……あー……すげぇ、気持ちいい……」

「寝るなよ、雪道《ゆきみち》」

夢見心地で雪道がつぶやいたのは、広々とした浴槽に足を伸ばして浸《つ》かっていたからだ。仙光寺《せんこうじ》の部屋に雪道が住まいを移してから半月ほどが経っているが、ここはマンションのバスルームではない。

仙光寺が以前から通っている、会員制のスポーツジムに備えつけられている浴室だ。雪道も誘われて、先週から会員になっている。

筋トレで汗を流した後シャワーを浴びてから、ふたりは並んで湯に入っていた。

他にも三人ほど風呂場を利用していたが、離れているためあまり気にならない。

このジムのインストラクターたちはいずれも絵に描いたようなマッチョばかりで、会員たちも本気で身体を鍛《きた》えているらしいものが多く目につく。

雪道はといえば、薄い筋肉もついてはいるが、ジムにいる屈強そうな男たちと比べるとひょろりとして見える。

　仙光寺を護衛するためにも、本格的に身体を作らなくては、と雪道は考えていた。

「できれば毎日通いたいんだよな。やっぱり、プロテインとかも飲んだほうがいいのか？」

　尋《たず》ねると、仙光寺は苦笑する。

「毎日はやりすぎだ。適度に休みを入れたほうが筋肉が育つ。プロテインもいいが、そこまで慌《あわ》てて身体を作る必要はないぞ」

「そうか。毎日はやらなくていいのか。……じゃあ、合間にちょっと会っておくかな」

　独り言のようにつぶやくと、うん？　と仙光寺が反応した。

「会うとは、誰とだ」

「あ？　ああ、ハルだよ。引っ越したときに転居先を教えたら、近いうちにどうしても一度会いたいって言われてさ」

　仙光寺の黒目勝ちの瞳が、ゆっくりと正面からこちらに向けられる。

「春道《はるみち》くんとふたりきりでか。少し妬《や》けるが……まあ仕方ない。来週の金曜日は、午後から幹部会議と会合がある。運転は他のものに任せるから、その日の夜にどうだ？」

　どうやら許可が下りたらしい。雪道はホッとする。

「じゃあそうさせてもらおうかな。早速、帰ったらあいつに連絡して……」

言いながら浴槽を出ようとした雪道の手を、仙光寺がぐっとつかんだ。

「なんだよ。そろそろ出ないとのぼせるぞ」

「風呂から上がるのは、あっちの男たちが出てからにしろ」

顎《あご》で示したほうに目を向けると、ひとりの男がちょうど湯を出るところだったが、まだふたりが残っている。

しかし、それのなにが問題なのか雪道にはピンと来ない。

「なにがまずいんだよ。知ってるやつらなのか？」

不思議に思って尋ねると、仙光寺は真面目くさった顔で言う。

「今お前が風呂から上がると、あの男たちの前を通っていくことになるだろう」

「そりゃ、出入口があっちだからな」

「つまりあの男たちの目に、裸のお前を晒《さら》すことになる。たとえお前の本意でなくとも、誘惑したら面倒なことになるだろうが」

雪道は眉を寄せ、あんぐりと口を開けて仙光寺を見た。

「誘惑？　本気で言ってんのか、お前」

「なぜ冗談だと思う。お前は俺に抱かれてから、ますます色っぽくなっている。恋人として心配するのは当然だ」

「そっ、そんなわけあるか！　色っぽいって、バカじゃねーの。お前は……まったく」

「照れて頬をほんのり赤く染めるなんて、可愛すぎるぞ雪道。やはり誰もいなくなるまで待つべきだな」

「違う！　のぼせてきただけだ！」

いやいや、と仙光寺は雪道の手を湯の中で引っ張った。

密着した雪道の耳元に、仙光寺は囁《ささや》く。

「耳朶《みみたぶ》まで、桜貝みたいにピンク色だ。食べてしまいたい」

軽く唇が触れてきて、雪道はビクッとなる。

「やめろ、こんなとこで……っ」

さらに仙光寺は湯の中で見えないことをいいことに、握った手を離さないまま、中指の爪の先で手首の内側をそっとくすぐってくる。

「……っ、やめろって」

「マシンを使っているときも、周囲のインストラクターがお前を見る目が気になっていた。もっと肌の露出を控えたウエアを用意するべきだな」

絡みつくような甘い声にぞくぞくしつつ、雪道は焦って身体を遠ざけようとする。

「考えすぎ……っていうか、お前がおかしいんだって！　誰も俺のことなんか、妙な目で見てねぇよ」

「いや。今もこちらを見られている視線を強く感じる」

「そりゃ、男ふたりが風呂の中でこんなにべったりしてたら、別の意味で注目されて当然だろうが！」

結局雪道は、他の会員の姿が見えなくなるまで、浴槽から出ることはできなかった。

仙光寺のせいで下半身が反応してしまい、収まるまで待たなくてはならなかったのだ。

つき合い始めて一緒にいる時間が長くなるほどに、仙光寺の独占欲の強さをひしひしと雪道は感じるようになっている。

ともあれ無事に承諾してもらったため、ジムから帰宅した雪道はいそいそと、春道に連絡を入れたのだった。

週末の繁華街。待ち合わせ場所の広場で見知ったシルエットが視界に入った瞬間、雪道はドキリとした。

小柄なスーツ姿の青年が、こちらをじっと見つめながら近づいてくる。かすかな緊張感を覚えて、雪道はそっと拳を握った。

――……直接会うのは何年ぶりだ？　ああもう、なにを固くなってるんだ俺は。普通にしてろ。戸惑ってるのが顔に出たら、あいつが気まずい思いをする。

つかつかと歩み寄ってきた春道は、神経質そうにクイと眼鏡を中指で押し上げて、ひたと雪道を見据《みす》えた。

「久し振りだね、兄さん。……元気みたいだけど、少し痩《や》せた？」

「あ……ああ。お前はすっかり社会人て感じになったな、ハル」

パリッとした真っ白いシャツに濃紺のスーツ、黒縁眼鏡の春道は、みるからにまっとうな社会人という雰囲気だ。

だが童顔のせいか、どこか成人式のような初々《ういうい》しさがある。

「当然だろ。いつまでもひ弱で小さい弟じゃないよ。……移動しよう、お腹が空いた」

「わかった。なにが食いたい？　お前、牛や魚より鳥が好きだったよな」

チンピラだった時期も、会わなかった数年間も、可愛い弟を目の前にすると一瞬のうちに消滅して、実家にいた頃に戻ってしまうようだと雪道は感じていた。


仙光寺の会社にほど近い、商店街の外れにある宮崎地鶏の専門店。

騒々《そうぞう》しくない、かしこまってもいないアットホームな店で、雪道と春道は数年ぶりにテーブルを囲んだ。

「で、この前電話で言ってたごたごたは、もう全部片付いたんだよね？　だからこその転居と思っていいわけ？」

近況報告もそこそこに乾杯するなり切り出され、うっ、と雪道は飲みかけたハイボールにむせそうになる。

「あ、ああ。お前にも心配かけちゃったな。でももう、全部終わったから」

焦《あせ》りつつ答えると、春道は手にしていたジョッキを置き、溜め息をついた。

「地に足がつかない生活をしてるから、そんなことになるんだよ」

「まあ、確かにちょっとヤバイ仕事はしてた。だけど別に暴力団の事務所にいたとかじゃなくて……酒が出るから揉め事があったというか。夜の仕事だから仕方ないというか」

必死に釈明する雪道だったが、それを眺めている春道の目は冷たい。

「なるほど。ぼったくりバーみたいな違法な店にいたんだね。それで上にいるヤクザを怒らせたの？　でなきゃ警察にパトロールするように家にまで電話してきたりしないよね」

ふん、と鼻を鳴らして春道は生ビールをぐいぐい飲む。

その様子を見ながら雪道は、生意気にビールなんか飲むようになりやがって、と目を細めた。

どんな悪態をつかれようとも、久し振りに見る弟の姿は可愛らしくて仕方ない。

「お前はどうしてるんだ、ハル。製薬会社だっけ。……母さんは元気なのか？」

「俺は堅実にやってるよ。母親も特に変わりない。こっちのことはいいんだよ。それより兄さん、ヤバイ仕事を辞めたのはよかったけど、その後のことをもう少し詳しく教えて欲しい。北仙《ほくせん》でお世話になってるって聞いたけど、正社員と考えていいの？」

「あ。ええと、俺はだな」

雪道は現在、ほぼ毎日仙光寺の職場の送迎とボディガードを務めていた。

さらに空いた時間は仙光寺のすすめにより、専門家による護身術と、格闘技の指導を受けていた。合わせて先日のようにジムに通い、筋トレなども行っている。

真剣に仕事に励んでいるつもりなのだが、言われてみれば正社員というわけでもないし、仙光寺との関係もまだカミングアウトする覚悟がないため、とても答えにくい状況だ。

眼鏡の奥の大きな瞳に、心配そうな色を浮かべている春道に、雪道の胸はきゅんとなる。

じっとこちらを見つめる大きな瞳も、神経質そうな細い指先も、記憶にある学生時代とあまり変わりない。

「あー……いや。つまりだな。俺は今のところ、仙光寺個人に雇われてるって形だから、正社員ではないかな」

「だったらなんの保証もないじゃないか。大丈夫なの？　北仙は確かに大きな会社だけど、よくない噂《うわさ》も聞くよ」

「どんな企業にも裏と表はあるだろ。つまんない噂なんて気にすんな。ほら、もっと食うだろ。なんでもいいから好きなもの注文しろ」

　言いながらメニューを差し出す雪道に、春道は眉を寄せる。

「そんなこと言っても、誤魔化《ごまか》されないからね。今日は俺、きっちり言おうと思ってここに来たんだ。兄さんの人生なんだから、好きにすればいいなんて思ったのが、そもそもの間違いだったと後悔してるんだから」

　もしかしたら春道は、すでに少し酔っているのかもしれない。

　昔から雪道に我儘《わがまま》を言うところはあったが、ここまでずけずけと辛辣《しんらつ》な物言いはしなかったからだ。

「ハルには心配かけたかもしれないけど、俺も今は堅気《かたぎ》だし、安心してくれ。これからはもう少しまめに連絡もする」

「今は、ってことは前は違ったってことだよね。それにこれまで、何年かに一回くらいしか連絡くれなかったくせに」

　春道はむっつりして唇を軽く噛む。

　参ったな、と雪道は軽く手を上げ、メニューの中から適当に目についたものを注文した。

「すいません、チキン南蛮《なんばん》とふわふわ特選卵の出汁巻きオムレツ」

　はいよ！　という威勢のいい店員の声が響く中、ぽつりと春道が零《こぼ》す。

「なんだかんだとはぐらかして……しばらく会わないでいると、兄さんは勝手にどんどんどこかへ行っちゃうんだ」

テーブルの木目に視線を落とし、春道は小さな声で続けた。

「あの頃、俺が寮から戻ってみたら、兄さんも母さんも別人みたいになってた。兄さんは家にいつかないし、反動みたいに母さんは異様に俺に優しくなってて」

「……まあ、思春期だったからな、俺も。反抗期というか」

自嘲気味に雪道は言ったが、春道は違うというように首を横に振る。

「でも兄さんは、俺に対してだけはまったく昔と変わってなかった。……気が付いてたよ。多分これは俺のためなんだろうなって」

雪道はギクリとしたが、あえてへらへらと笑いながら反論する。

「なっ、なに言ってんだお前。自意識過剰だぞ？　どうして俺がお前のためにヤンキーにならなきゃならないんだ」

春道は、ズバリと言う。

「母さんだよ。兄さんがわざと見限られるようなことばかりしたせいで、母さんは嫌ってたはずの俺を露骨に猫可愛《かわい》がりし始めた」

「仮に。いいか、仮にだぞ」

雪道はそう前置きして、念を押す。

「もしそうだったとしても、悪いことじゃないだろ。お前、ガキの頃から母さんに甘えたがってたし」

言った途端、春道の細い眉が怖いくらいに吊り上がった。

「それはガキの頃、だけだよ！　せいぜいが小学生までで、寮生活に馴染《なじ》んだ頃には踏ん切りがついてた。俺はね、兄さん。とっくにあの人にどう思われようが、どうでもよくなってたんだよ！」

春道の吐き捨てるような口調に、雪道はびっくりする。

「だ、だけど、お前」

「だけどじゃない！　どうして俺の気持ちをきちんと確認してくれなかったの？　母親に溺愛される立場を兄さんに譲って欲しい、なんてこと、これっぽっちも思ってなかったのに」

思いがけない述懐《じゅっかい》に、雪道は茫然《ぼうぜん》としてまだ幼さの残る弟の顔を見つめるばかりだ。

春道は腹立ちを隠さずに続ける。

「兄さんが家を出たのだって急だったし、一言の相談もなかった。母さんはヒステリー起こして、ほっとけとか言ったけど。俺は心配で、あまり眠れない日が続いた。探そうにも、兄さんの交友関係はよく知らなかったし。当時のクラスメイトの名簿を調べて問い合わせたけど、誰も兄さんの行方は知らなかった」

酔っているせいか、春道の目は潤《うる》んで赤い。

「それがある日突然連絡が来て、教えられた連絡先は八重垣って知らない人のもので。元気でやってるから安心しろとか言われても、そんなの無理だよ。仕事内容を突っ込んで聞くと誤魔化してたけど、どう考えてもうしろぐらい感じだったし」

八重垣の自宅を連絡先にしたのは、訪ねてこられると困るからだった。

心配性の春道ならば、こちらの様子を見に来る可能性は充分にある。その際万が一にも、組員と春道を接触させたくなかったのだ。

「本当にそれは、悪かったと思ってる。……でも、こうやって今は元気なわけだし。ヤバい仕事からも足を洗ってる。だからなんにも心配しなくていい」

しかし春道は、店員が持ってきた雪道のグラスを奪って焼酎のロックをぐいぐい飲むと、さらに不平を口にした。

「今がよければ、それでいいって言うの？　もし危ない仕事を続けていたらのら、俺と会う気もなかったんでしょう？」

「そ、それは、お前に迷惑がかかるから」

「俺と一生会わないまま、危険な仕事をして死んでたかもしれないのに。迷惑もクソもないよ」

本来春道の根は穏やかでおとなしく、人をこんなふうに糾弾《きゅうだん》する性格でもない。よほど春道は雪道の放蕩《ほうとう》に、長いこと心を痛めていたらしかった。

仙光寺が、普通の神経をしていたら赤鬼が幸せでいられるわけがない、と言った意味がなんとなくわかる気がしてくる。

「……ごめんな、ハル。だけど俺もいい年だし、自分の尻拭いは自分でやるから心配するな、と言いかけたとき、ドン！　と春道がグラスをテーブルに叩きつけるようにして遮《さえぎ》った。

「心配するなって、そんなもんするに決まってるじゃないか！　兄さんは昔から勝手だよ、そういうとこ！　俺を犠牲にしてお前が幸せになれ！　みたいなことをされても、こっちはありがた迷惑なんだから」

「い、いや……別にお前のためってわけじゃなくてだな。他人の心配するよりは厄介《やっかい》ごとを引き受けたほうが、俺自身が楽ってだけのことで」

「俺が怒ってるのはそこなんだって」

「よし、わかった！　とにかく俺が悪かった！　謝る！」

これはもう反論したところで火に油を注ぐだけだ、と悟った雪道は、ひたすら詫《わ》びに徹《てっ》することにする。

「今後はそうならないように気を付ける。だから久し振りに会ったのに、そう説教ばかりしなくたっていいだろ。せっかく兄弟ふたりで飲む酒なのに、不味くなっちまう」

するとと春道は、なんとなくしょんぼりした顔になる。

「説教なんてしてるつもりはないけど。……兄さんが元気で、好きなことをして暮らせているなら、俺はなにも言わないよ。兄さんを縛りたいわけじゃなくて、幸せでいて欲しいだけなんだ」

そんなふうに殊勝《しゅしょう》な態度に出られると、雪道には春道が天使のように見えてしまう。

「ああ。お前の気持ちは本当によくわかったから。これからは前より連絡を取りやすくするし、たまにはこうやって会おう」

「……約束だよ。絶対に」

やっと納得してくれたらしい春道に、雪道は胸を撫《な》で下ろす。

そうしてその日は結局、深夜二時過ぎまで兄弟水入らずのはしご酒をしたのだった。


帰宅途中のタクシーの中、雪道はやはり仙光寺の言っていたことが正しかったんだなと考える。

春道は思っていたよりずっと大人だったし、とっくに親離れしていた。弟離れできていない、自分に問題があったのかもしれない。

——なんでも慶《けい》にはわかっちまってたのかな。……クソ。同い年の男として、なんか悔しくなってきた。

すべての面において、男として自分が仙光寺には敵《かな》わない気がして、雪道は憂鬱《ゆううつ》になってきた。

それにおそらく、今夜は思っていた以上に帰宅が遅くなってしまったから、仙光寺に怒られるであろうことを予測して、ますますげんなりしてしまう。

――……そうだ。さすがにこの時間だったら、あいつは寝てるよな？

雪道はタクシー運転手に料金を支払いながら、腕時計をちらりと見る。時刻は、午前二時三十分を回っていた。

これはチャンスじゃないのか？　と思いついた雪道は目を輝かせる。

男として、抱かれる一方であることに不満を持っている雪道だが、仙光寺を力で屈服させることはどうやっても無理だ。

――でも寝込みを襲えば、成功する可能性はある！

タクシーの運転手の不思議そうな顔をよそに、雪道はパンと両手で顔をはたいて気合を入れたのだった。

——よし、寝てる。

できる限りそっとドアを開け、抜き足差し足で雪道は寝室にたどり着いた。

室内には明かりの弱い、小さな間接照明だけが灯《とも》されている。

そして雪道が同居するようになってから買い替えた大きなキングサイズのベッドの上には、仙光寺がこちらに背を向けて眠っているらしい、人型の膨《ふく》らみがある。

雪道は息を殺してそっと上着を脱いでベルトを外し、シャツと下着だけの姿になった。

——落ち着け。大丈夫、仙光寺だって人間だ。絶対にうまくいく。

雪道は深呼吸をして、そろそろとベッドに近づき、背後から仙光寺に覆い被さろうとした、そのとき。

「随分《ずいぶん》と遅かったな、雪道」

「——っ！」

頭のすぐ後ろで地の底から響いてくるような声がして、雪道は凍りついた。咄嗟《とっさ》に、うわぁ！　と叫んで飛び上がった拍子に足を滑らせ、ベッドに倒れ込む。

「なっ、なんでそこに慶がいるんだよっ！　じゃあ、これは？」

まくり上げた布団の中には、枕がふたつ重ねてあった。

「古典的な方法に引っかかるとは、どこまでも可愛いやつだ」

不敵に言う仙光寺の声には、明らかに怒りが潜《ひそ》んでいる。

「な……なんでわざわざこんなことしてるんだ？　寝ててよかったのに」

焦って誤魔化し笑いをしながら言うと、仙光寺はゆっくりと、右手に持っていたものを雪道の前にかざした。

「……そうはいかん。ことごとくメールを無視されて、これだけヤキモキさせられたんだ。たっぷりお仕置きが必要だからな」

言いながらたぷたぷとローションのボトルを揺する仙光寺に、雪道はこれからなにをされるか悟り、一気に酔いが醒めていくのを感じる。

「待て、慶。誤解だって。その、携帯はバッテリーが切れてたんだ。だ、だからお詫びに今夜はマッサージでもしてやろうかな、なんて」

だが仙光寺は、まったく納得していないという表情で無慈悲に告げた。

「そうか。ではその気持ちだけありがたく貰って、お返しに俺がたっぷりとマッサージしてやろう。……身体の外側も、内側もな」

こうしてまんまと返り討ちにあった雪道はこの日、朝まで寝かせてもらえなかったのだった。

あとがき

こんにちは、朝香《あさか》りくです。初めての読者さまは初めましてです。

このたびはスプラッシュ文庫さん創刊ということで、おめでとうございます！　この機会に書かせていただいて光栄に思う反面、いきなり私でいいのかとうろたえております。ですが好きな世界観をのびのびと、大変楽しく書かせていただきました。

また、癖のあるバカップルを素敵に描いてくださった北沢《きたざわ》きょう先生にも、心から感謝しております。ありがとうございました！

手に取って下さった読者さまには、いつも感謝しかありません。

また別の作品でお会いできますよう願っています。

二〇一六年五月　朝香りく

Splush文庫

この本を読んでのご意見・ご感想をお待ちしております。

◆ あて先 ◆

〒101-0051

東京都千代田区神田神保町2-4-7 久月神田ビル7階

㈱イースト・プレス　Splush文庫編集部

朝香りく先生／北沢きょう先生

ロマンチストは止まれない！

2016年5月26日　第1刷発行

著　者　朝香《あさか》りく

イラスト　北沢《きたざわ》きょう

装　丁　川谷デザイン

編　集　藤川めぐみ

発行人　安本千恵子

発行所　株式会社イースト・プレス

〒101-0051

東京都千代田区神田神保町2-4-7 久月神田ビル8階

TEL 03-5213-4700　　FAX 03-5213-4701

印刷所　中央精版印刷株式会社

ISBN 978-4-7816-8601-1

定価はカバーに表示してあります。